夏が終わるまで

堕とされた献身少女・由比

空蝉

原作・挿絵／もんぷち（サークル mon-petit）

JN131239

KILL TIME COMMUNICATION

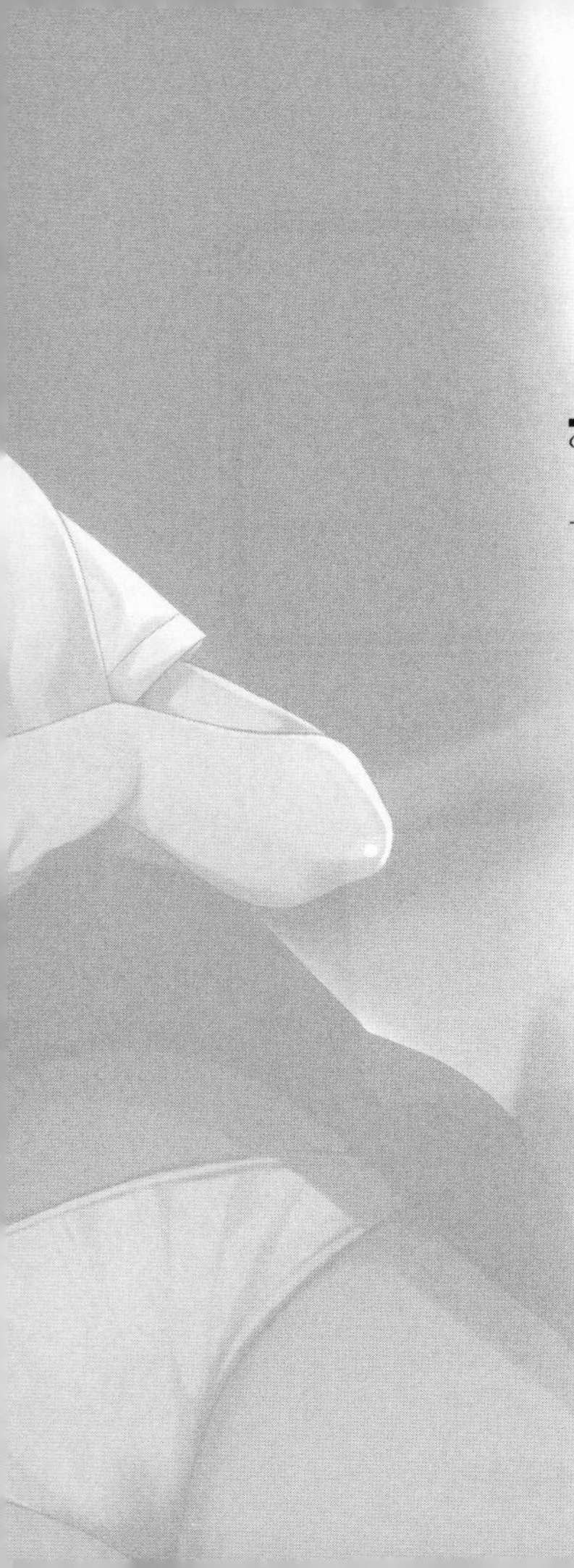

目次

Contents

登場人物 *Characters*

橘 由比
(たちばな ゆい)

幼馴染にして恋人であるコウの夢をサポートするため、野球部マネージャーを務める献身的な少女。

高梨 コウ
(たかなし こう)

甲子園出場を目指して練習に励む野球部のエース。キャプテンも務めている熱血な少年。

桑原
(くわはら)

コウ達の所属する野球部の顧問兼生徒指導の教師。ねちっこい性格で女生徒からセクハラ親父と嫌われている。

プロローグ

1

それは、生まれてから七度目の夏。鮮やかな夕焼け空の下、共に帰路に就いたばかりの幼馴染の男児の口から紡がれた〝宣誓〟だった。

「おれ……大リーガーになる」

「もっといっぱいがんばって、めちゃめちゃうまくなって、甲子園、行って……」

いがぐり頭の彼——高梨《たかなし》コウが、今日初めてはめたグラブの感触がまだ残る左手も、ついに一度もボールに触れられなかった右手も、一様に固く握り締めて。悔しさを涙という形で目じりに溜め、続けて告げる。

「三振いっぱい取る、すげぇピッチャーになってやる」

先ほどまで行われていた、彼にとって初めての草野球は、スターティングメンバーの大半が小学三年生と二年生。中には数人、四年生も混じっていた。

まだ小学校に上がったばかりの子が打てなくて、投げさせてもらえなくて当たり前だ。でもコウちゃんは一切言い訳せず、悔しさを露わに大きな目標を語る。きっと持ち前の負けん気の強さで、どこまでも前だけ向いて進むのだろう。

そう思わせる背中が、幼心にも堪らなく眩しく映る。

「だから、見ててくれよな」

「う、うん……」

一歩先を歩む日焼けした顔が振り向いて、その決意漲《みなぎ》る瞳に魅入られた結果。心ときめき、狼狽《うろた》えた返事となってしまった。私は、それが恥ずかしくて。

もうその頃には大好きになっていた男の子。生まれた年からずっと一緒に育ってきた一番の幼馴染の見慣れた横顔を直視できず、俯いた。

「へへ」

私が約束を違《たが》えないと身をもって知っているからこそ、コウちゃんは照れ臭そうにいがぐり頭を掻き、屈託なく顔を綻ばせている。

(野球のことはまだよくわかんない)

けれど、野球に打ちこむと決めた幼馴染の眩しさが、自然と私の小さな胸にも夢を生む。

(がんばるコウちゃんと、ずっといっしょにいたい)

それはまだおぼろげで、けれど小学一年生の私にとっては、初めて人生の指針を得た気分だった。

「帰って練習する！」

一足先に夢を抱いた男児の足取りは目に見えて軽く、程なく駆け足となる。

「あ。まってコウちゃん！」

慌てて、おさげ髪を靡かせて追いすがり。

「いそげー、由比《ゆい》！」

振り向きざまに名を呼ばれて、駆け足による呼吸の乱れが理由ではない高鳴りに胸震わされる。

愛しさと温もりのたっぷり詰まったそれのおかげで、いくら駆けても苦しさを感じない。

急ぎたいだろうに時折足を止め、付かず離れずの位置で私を気遣ってくれる優しいコウちゃん。そんな彼の足手まといになりたくはないから。邁進する彼と同じ夢を見続けるためにも、息切らせ駆けながら〝宣誓〟する。

「コウちゃん……っ、私もっ、がんばる……！　野球のルールとか覚えて、コウちゃんのお世話できるようにする……っ」

大リーガーになったコウちゃんの、お嫁さん。

より鮮明になった夢を口にすることは、七つの子供の無邪気さをもってしてもできなかった。

幼い恋の結実する日を夢見るだけで、胸のときめきは天井知らずに高鳴ってゆく。

「……おうっ。約束な！」

驚きと照れ臭さを順に顔に浮かべたコウちゃんが、一際の笑顔と共に戻ってきて、手を差し伸べてくれる。そこにはまだグラウンドの土の香りが残っていた。

苦しいほどの高鳴りに襲われながら、そっと私は自分の手を乗せる。

「よしっ行くぞ」

ニッと笑った大好きな幼馴染の男の子。夕焼け空のせいだけではない赤みの差した頬を綻ばせた彼に手を引かれ歩む帰路が、このままずっと続けばいいのに。

子供だった私は、胸のときめきになすすべなく、耳まで真っ赤にし——この気持ちが揺らぐことはないと、確信していた。

第一章　夏が終わるまで

1

「声出してこー！」

六月の、雲一つない青空より照りつける陽光の下。半袖の体育着姿で髪をポニーテールに結った女子マネージャーのエールが轟く。

「おー！」

元来声を張り上げることが苦手な少女——橘《たちばな》由比の目一杯の応援に、列を成して放課後のグラウンドを走りこんでいた野球部員たちが口々に気合満点の雄叫びを放った。

「よっしゃ、ラスト一周！　いくぞー！」

集団の先頭を駆けている少年——浅黒く日焼けした肌と坊主頭がトレードマークの主将《キャプテン》が号令を掛ける。

その凛々しい顔つきには、まだ疲労の色が欠片もない。小学生から所属していたリトルリーグのチームでも常に一番の練習量で周囲を驚かせていた彼なのだから当然だ。

（コウちゃん、頑張れ！）

野球部のマネージャーとして表立って一人を贔屓するわけにはいかないため、幼馴染へのエールは胸の内に秘め、代わりに熱のこもった視線を送った。

すると気づいてくれたのか。人数分のタオルを抱えてゴールで待つ由比の下へ断トツでたどり着くや、一言。

「いつもありがとな」

日焼けした顔を綻ばせ、呟いてくれる。

それは、ずっとそばで支えてきた由比にとっては見慣れたもの。されど常に喜びを湧き立たせてくれる大切な表情に他ならない。

こそばゆくも心地よい心情を柔和な笑みという形で表現してくれた幼馴染。その逞《たくま》しく成長した汗だくの手へと、タオルを渡す。同時に、負けじと由比も心情を満面の笑みで表した。

（ありがとうを言うのは、私の方だよ）

一緒に夢を追いかけられる喜びを日々感じているのだから。

小さい頃の約束通りに野球に打ちこみ、今やプロからも注目される投手となったコウへの感謝と憧憬は、尽きることがない。それは、初めて夢を聞かされたあの日から変わらず、あの頃に比べ大きく膨らんだ由比の両胸に、今も温かく内包され続ける、大切な想い。

「へへ」

どんなに小さなことであれ、一番になった時には素直に得意がる、子供っぽいところも含めて、大好きだ。その際の鼻の下を擦るしぐさも見慣れたもので、愛おしい。

――二人きりであれば、今すぐに「ありがとう」が言えるのに。

でも告げると、素直なコウはイチャつきたい気持ちを我慢できなくなるだろう。だから意識して由比は我慢する。

コウと見つめ合えたのは、わずか数秒。次々と選手がゴールにたどり着き、部に二人しかいない女子マネ（しかも本日、後輩であるもう一人の女子が夏風邪で病欠）である由比は、タオルを手渡すことに忙殺された。

「水分を補給したら守備につけ」

就任二年目となる今年三十三歳の今野《こんの》監督が、男性らしい貫禄と渋みのある声で次の指示を飛ばす。

「はい！」

率先して声を出したコウに率いられ、皆がグラウンドの脇へと捌《さば》けてゆく。水を飲むために蛇口の前に列を成す光景が、もうすぐ見られるはずだ。

それからレギュラーが守備位置について、監督によるノックが行われる。

その間、女子マネージャーはグラウンドから離れた部室前が定位置だ。今使われたばかりのタオルを始めとした汚れ物を備えつけの洗濯機で洗い、干すという、案外時間のかかる仕事に従事するためだ。

よって、守備練習を見ることは叶わない。

残念に思う一方で、この時間が由比は嫌いではなかった。

洗濯機こそ日陰ながら干し台は当然日向であり、コウたち同様に汗を流しながらの作業となる。それがまず「一緒に頑張っている」という実感を育んでくれたし、何より、洗いたてのタオルの心地よさに目を細める皆を見ると嬉しさがこみ上げる。

地元の公立校であるがゆえに、部員には昔から見知った顔が多い。

『最初に俺を野球に誘ってくれた、あいつらと甲子園に行きたいんだ』

進学前の、コウの言葉を思い出す。

リトルリーグ時代から頭角を表していたコウの下には、当時複数の名門私立から「授業料免除のスポーツ特待生」待遇での誘いもあった。

それを蹴って野球部に実績のない地元公立校に進むという選択は、甲子園を目指すうえでは遠回りに他ならない。

（でも、コウちゃんならきっと）

どんな道を歩んでも夢にたどり着くと、信じられたから。

今の野球部の面々に誘われてコウが草野球を始めた、まさにその日から見続けてきた由比にとっても、そこが彼の原点と思えたから。

だから、当時の担任教師や野球の恩師が首を傾げる中にあって、いち早くコウの気持ちを汲み取り、味方に徹した。

確かにここには、野球部専用のグラウンドもない。他の運動部と共用でグラウンドを使う中で、ランニングの時間を調整したり、時には校外での走りこみを余儀なくされることもある。部室とグラウンドが離れているのだって不便には違いなかった。

入学初年度は野球知識に乏しい教諭が形ばかりの監督に就いており、練習メニューを自分たちで考えるところからまず始めないといけなかった。

でも、だからこそ仲間の結束は高まったし、去年、選手時代に甲子園出場経験のある今野監督が招聘《しょうへい》されてからは、確実に実績が積み上がっている。昨年夏は県大会ベスト8進出。春のセンバツは、優勝した学校に惜敗してベスト4。その中で頭角を表したコウはいくつかのプロ球団からも注目される存在となった。

学校でも生徒から注目が集まる中、甲子園出場という夢にもう一歩のところまできたという実感が浸透し、部員は日々やる気に燃えている。それでいて練習に精を出す顔はどれも、心底から野球を楽しむわんぱく小僧のそれだ。

最たる例がコウで、勉学が不得意であることから「野球だけして過ごしてぇ」などと冗談交じりにぼやく一方で、その野球に向ける情熱に際限がない。練習の虫であるのは言うに及ばず。今野監督とも密に、練習中のみならず練習終わりにも質問と対話を重ね、今や第二の父と慕うまでになっている。野球漬けの毎日を、心底楽しんでいるのだ。

そんな彼が主将として引っ張っているからこそ、うちの野球部はみんな「野球が好き」という気持ちを第一に、厳しい練習も乗り越えてこられたのだと、幼馴染兼恋人の贔屓目も自覚しつつ、思う。

（……って言ったら、照れるかなコウちゃん）

『大リーガーになるって約束したろ』

そう言ってまた得意がるかもしれない。どちらにしろ彼らしく、そんなコウを茶化しながらも一緒に笑い合っている仲間の姿も目に浮かぶようだ。

汗臭くも煌めく青春の日々。

そこに共にあれる喜びを噛み締めて、今日も汗の染みたタオルを用意してあったかごに詰めて抱え持つ。部室前へと向かう由比の足取りは、初めてコウが夢を口にした日のそれに負けないくらい軽い。

「晴れてよかったぁ」

道中、雲一つない青空を見上げると　自然と感謝の言葉がついて出る。

グラウンドの方角から「キーン」と金属バットがボールを飛ばす音が続けざまに聞こえだす。直接目にすることは叶わずとも、由比の脳裏には汗を流して白球を追う球児の姿が映し出されていた。

2

甲子園出場をかける地区大会を翌月に控えていることもあり、この日の放課後練習は日が落ちるまで行われ――。

マネージャーである由比もまた、男子部員と共に片づけをし、挨拶を交わして解散するまで参加した。

部室では男子部員が着替えるため、一度校舎内に戻り女子更衣室で制服に着替えた由比が戻った時には、すでに部室にはただ一人の姿しかなかった。

「お待たせ、コウちゃん」

「おう」

その彼に呼びかけると、いつも通り陽気な笑顔と共に応えてくれる。

「大会まであと、もうちょっとだな」

待ち合わせてすぐに帰路に就くのが常だったのに、この日に限ってコウが部室内のベンチに腰を下ろし、しみじみと呟く。その瞳に不安の色はなく、ただ昂《たかぶ》る気持ちを静かに抑えこもうとしている――そんな風に、映った。

「コウちゃん小さい頃からずっと言ってたもんね。おっきくなったら絶対甲子園に出て最終的にはすごい大リーガーになるって」

最後の夏、甲子園。そこにかけるコウの想いの強さも、日々の努力も知ったうえで、発破を掛けるつもりで幼い日の約束を持ち出した。

この話を持ち出すと、いつも決まって彼は笑顔になる。

「まぁな。これからが俺の夢の第一歩だぜ」

「『私たちの』夢だよ」

案の定屈託ない笑みを見せた彼の言葉を、一つだけ。

――大リーガーになったコウちゃんの、お嫁さんになる。

その夢を変わらず抱き続ける少女の口が訂正した。

「大丈夫。忘れてねえよ」

照れながらもきっぱりと告げる彼の隣に腰を下ろすと、自然と互いの視線が交わった。相手のときめきを感じ取り合い、面映ゆさに見舞われながらも視線を逸らす気にはなれない。

どちらからともなく手を取り合って顔を突き合わせれば、間近の相手の唇を意識せずにいられない。

(コウちゃんの、唇。笑うと白い歯を覗かせる、唇)

甘く心地のよい静寂の時間。ただ見つめ合うばかりの、もどかしくも幸せな時間を打ち破ったのは、コウの方だった。

鼻がぶつからぬよう顔を傾けて、唇を重ねてくる。

「ん……っ、コウ、ちゃん……」

初めてのキスを交わしてから、もう幾度目になるだろう。閉じた瞼の裏に映る数えきれない思い出を手繰りながら、由比は甘く優しい口づけの味に陶酔した。

「由比……」

離れたばかりの唇の感触を、由比が早くも恋しがるさなか。熱を帯びたコウの瞳は未だに間近に佇《たたず》んだまま。

「あっ」

実際には短い驚きの声を上げる間もなく、彼のごつい指先が、大きく膨らんだ由比の右胸に触れた。

「だ、ダメだよコウちゃん。こんなところで……あ、ゃぁんっ」

「わりぃ由比。なんか今日は収まりつかなくて」

夢を語った情熱がそのまま、愛欲に成り代わったのか。火照った顔を豊かなバストに押し当てて抱き着いてきた幼馴染に押し倒される形で、由比はベンチの上に仰向けに寝た。

「……誰か来ちゃったら」

コウと睦み合うのは初めてではない。だから、彼の熱を制服越しに感じている由比の胸にも、当たり前に期待の火照りが宿ってしまう。人がやって来て見られるかもしれないという不安を吐露しつつも、筋肉質な幼馴染の肉体を押しのける——その素振りすら見せることなく、

「由比……」

「んぅ……コウ……ちゃ……」

再び迫ってきた唇を受け入れ、甘えるような声を聞かせてしまう。

聞いた彼がどのような反応をするのか、数少ないながらも肌を重ねた経験から知っていたのに――そうなることを期待する、火照り疼く身体の芯から迸《ほとばし》った「媚び」を抑えることはできなかった。

「由比、由比……っ」

ゴツゴツの手指が、制服のボタンを外しにかかる。その間も繰り返し唇を重ね、牡の強烈《きょうれつ》な欲を突きつけるのと同時に、女の緊張を解きほぐし、代わりに昂奮を植えつけていった。

「コウちゃん……あっ、あァ……好き……」

芽吹き始めたばかりの肉の悦びに蕩《とろ》けた声音《こわね》で囁《ささや》けば、

「俺も、由比が大好きだ……。愛してる。絶対幸せにする。絶対夢叶えて、一緒に甲子園行こうな……！」

青臭くも真摯な言葉が返ってくる。

愛し合う男女の若い心と身体に、もはや歯止めがかかるはずもなく。

（学校、それも野球部の部室で……だなんて……）

初めて自分たちの部屋ではない場所で行う性行為。その背徳感までも、身体の端々にまで行き渡る幸福感が、肉欲の糧《かて》に変えてしまう。

（……ダメ……でも……私……っ）

内なる葛藤も、長くは続かなった。

「由比……」

切なげな彼の瞳と声音が、堪らなく女心をくすぐる。応えてあげたい、我が身を捧げて満足させてあげたいと、火照り始めた股の奥から囁きかけてくる。

それが、最後の一押しとなった。

「……っ。コウ……ちゃん。……いい……よ。もう我慢しないで……」

受諾の言葉を紡ぐや再び抱き着いてきたコウの温かみに溺れながら、由比はこれから始まる行為において、せめて声を殺す努力だけでもしようと心に決める。

けれど――肉の温みに熱中するほどに、窓の外を気にする余裕は失われていった。

3

夜の部室でコウと肌を重ねた翌日。

「おお、橘、ちょうどいいところで会った。今、時間あるか」

昼休み、いつも一緒に昼食を食べる友人二人と廊下を歩いて教室に戻る途中だった由比は、前から歩いてきた中年の男性教師に呼び止められた。

短い髪に銀縁眼鏡、さらには広いおでこに寄った多数の皺のせいで実年齢より十は老けて見える彼の名は、桑原《くわはら》。生徒指導担当の傍ら、野球部の顧問でもある男だ。

「ゲッ」

彼を見た途端、由比の右隣を歩いていた友人の一人、髪を染めている女生徒が小声で呻くのが聞こえた。目が細められ、苦虫を噛み潰したように苦み走ったその表情からは、明らかに嫌悪の色が見て取れる。

桑原は、それにおそらく気づかないふりをしたのだろう。銀縁眼鏡の奥の細い眼で彼女を一瞥《いちべつ》したきり、再び由比に顔を向けると、

「野球部のことで話があるから、時間の空いた時にでも生徒指導室に来てくれるか」

気の抜けた日頃の調子で告げ終えて、悠然と、ワイシャツの上からもわかる中年太りの腹を揺すり歩き去っていった。

その後ろ姿が廊下の角を曲がって見えなくなるや。

「ちょっと、あんた。さっきの『ゲッ』ってやつ。絶対聞こえてたよ、あれ」

もう一人、由比の左隣に立つ黒髪ボブカットの友人が、ほっとした様子で染め髪の女生徒に苦言を呈する。

「あんただって、あいつのこと嫌いじゃん」

事もなげに言う彼女に悪びれる様子はなく、

「それは……そうだけどさぁ」

ボブヘアの女生徒も、声を潜めつつではあるが認めた。

曰く、中年太りの腹がワイシャツ越しにもこんもりとしていることに加えて、おでこの皺がキモい。いつもニタリとした笑みを口元に浮かべていて生理的に受け付けない。そんな外見的特徴ばかりではない。

生徒指導の名目で重箱の隅をつついたような説教をするのだが、それがネチネチとしていて、性格の悪さがにじみ出ていると、もっぱらの評判なのだ。

何より、視線——銀縁眼鏡の奥に見える眼が女子生徒をじろじろと凝視してきて、セクハラ以外の何物でもないというのが、不興を買っている最大の理由だった。

「由比、あんたも災難だね。あんなのが野球部の顧問なんてさ」

心底同情するよ、と言い添えて、染め髪の子が由比の肩に手をポンと置く。

「う、うん」

他人の悪口を言うのに気が引けてしまう、真面目でお人好しの少女は、ただ居心地の悪さの中で苦笑いを浮かべるばかりだった。

(桑原先生。確かに、あんまり付き合いやすい人じゃないけど……)

野球部の顧問である都合上、練習試合で校外に出る際に必ず同行する彼とは、一般の生徒よりも触れ合う時間が長い。

それでも、「俺に触れてくれるな」と言わんばかりの雰囲気でベンチの隅に座っているのが常の中年教師のことは、未だによくわからない。

一昨年、由比やコウが一学年の時までは部の監督を任されていたものの、野球の知識は皆無で、ただ学校に押しつけられて仕方なくやっているのだというのが野球部員の間では通説だった。

それがコウたちの活躍により学校が野球部に力を入れ始め、新任の監督に押し出される格好で引率だけ任されるようになった。監督時代からのやる気のなさと横柄な態度が相まって人望のない彼には、相変わらず居心地のいい場所ではないのだろう。試合中いつも所在なさげにして、鼻をほじったり、もっと悪い時には試合を観ず持参した本を読んだりしている姿を目にした時には、正直腹立たしさも覚えたが――。

(……一人ぼっちでいるところを見ると、やっぱり)

部員への態度が招いた自業自得の側面が大きいとはいえ、不憫に思う。

だから、というわけでもなかったが――。

「私、今からちょっと行ってくるね」

まだ昼休みが始まったばかりでもあることから、頼まれた用事を早急に済ませてしまう旨を、友人二人に告げた。

「は？　今から？」

「一緒について行こうか？」

今にも「マジで言ってんの⁉」と言い出しそうな驚き様の染め髪の友人と、気遣ってくれるボブヘアの友人。

「大丈夫。ご飯、先に食べてて」

一人歩みだした由比は、桑原の「野球部のことで話がある」という伝達内容を素直に信じていればこそ、温和で心優しき日々のままの彼女だった。

4

「飯時に悪いな。まぁ、座って」

生徒指導室で由比を出迎えた桑原は、いつになく上機嫌だった。

「いやー、わが校期待の野球部のマネージャーさんに時間を取らせて悪いなぁ」

ソファに腰かけている自分の、テーブルを挟んだ真向かいの席への着席を促すや、へりくだった物言いで話し始めたかと思えば、

「い、いえそんな、私は別に」

「今年こそは甲子園に行けるぞって校長も教頭も期待大だぞ、ハハハ」

困惑しつつ座った由比に、「いかに現在の野球部が学校の内外から期待されているか」ということをつらつらと語りだす。

「は、はぁ……」

言われるまでもなく知っていることを聞かされ続け、いよいよ愛想笑いと相槌以外することのなくなった少女が、早く本題に入ってと願っているのを知ってか知らずか、

「そういえば橘、お前、エースの高梨と幼馴染なんだってな」

ひとしきり野球部を褒めちぎった桑原は、続いてその少女自身の話題を持ち出した。

「幼馴染と二人三脚で甲子園を目指すとか、まるでどっかの漫画みたいだなぁ」

話題を振っておきながら、いよいよ相槌を打つ間もない勢いで話しだした中年教師に、一層困惑させられる。

同じ野球部に所属していながら、これまで桑原とはほとんど会話したことがない。

そのことが余計に居心地の悪さを助長する。

真面目に学生をしている身で、今日初めて足を踏み入れた生徒指導室という場所に当初から緊張させられていた。

(なんで、主将のコウちゃんじゃなく、私が呼ばれたんだろう?)

今さらながらの疑問が頭をもたげる中。ただ耳を傾けるしかない状況が、早く終わるのを願うばかりだった。

(どうでもいい話、いつまで続けるんだろう。……まだ、続くのかな)

我慢して耳を傾けていたものの、さすがに話し始めてから十分ほども経つ頃には、おっとりしていると言われることの多い由比も我慢の限界を迎える。

一緒に昼食を食べる約束をした友人を待たせていたし、昼休みは有限だ。

「あ、あの。すみません先生。私へのお話というのは」

世間話の相手をさせるためだったんですか——よっぽどそう言いたいのを堪えて、ようやく話の合間に口を挟むことに成功した。

おずおずと声を上げる由比とは対照的に、桑原は平静を崩さぬまま、

「ああ、スマンスマン。今回お前を呼び出した理由はこれなんだが」

纏《まと》う白ワイシャツの胸ポケットに悠然と右手を突っこむと、二枚の写真を取り出して、二人を隔てるテーブルの上へと置いた。

「これがなんだか、わかるな橘」

ニヤつき通しの中年教師から提示されたのは、野球部の部室にて、あられもない姿で睦み合っている男女の写真——コウと由比の喜悦に喘《あえ》ぐ表情までもが鮮明に撮られた、二枚の証拠物だった。

(う、そ、なんで……昨日の……こんな写真、いつの間に……誰が……。……桑原、先生、が……？)

混乱に見舞われながらも、想像するほどに背筋が凍る。

写真という形で突きつけられた自分とコウとの破廉恥な様から目を背けたいのに、できなかった。息を呑む間に写真を渡され、より間近で凝視する羽目になる。間違いであってと何度瞼を瞬かせても、写真の中の自分とコウの蕩け顔は変わらない。

学校内での性交証拠を提示した桑原は、確認の言葉を投げかけて以降、無言で目線を寄こすのみだ。

だが、その無言が、何よりも被疑者たる由比を責め立てる。昨夜、事を終えてからもずっと心の隅に留まり続けていた、後ろめたさ。平静を装うことで何とか押し殺していたそれが、ここぞとばかりに増長する。

「……っ」

写真を見た瞬間から激しくなった動悸を、動揺と怯えが囃し立てている。それらに脅かされているせいで、誤魔化しの言葉を考えることもままならない。

「昨日はたまたま部室の方へ見回りに行ったんだよ。そしたら中から妙な声が聞こえるじゃないか。窓から覗いだら写真の有様が繰り広げられていた、というわけだ」

背後から届いた声に、ビクリとする。驚き顔を上げて振り返れば、少女が食い入るように写真を見つめる間に背後へと回りこんだ桑原が、言葉の合間に二度三度忍び笑うのが見て取れた。堪えきれずに漏れ出た感じの響きが一層、由比の恐怖を煽る。

（どう、しよう。昨日の……桑原先生に、見られてた……！）

夢であってと願いながら、あまりにも受け入れ難い状況を胸の内で復唱する。

けれど逃避せんがため俯き瞑った瞼の裏にも、今しがた見たばかりの写真の光景――昨晩の己の痴態がこびりつき、消えてくれない。

「まさか優等生のお前と、野球部の大エース様が、なァ。よりにもよって校内で」

態度の悪い生徒に説教する時と同様の、持って回った切り出し方。それがなお一層、たった一人で直面している少女の怯えを煽った。

「外部に知れたら、高梨はもちろん、野球部も夏の大会は出場辞退……」

言い含めるようにゆるりと告げられた言葉が、怯む心根に染みてくる。

(甲子園。コウちゃんの夢の第一歩。私も一緒に見てきた、二人の夢の一歩が)

事が公《おおやけ》になれば、叶わなくなる。その先にある、プロ野球選手、大リーガーになるという夢の本丸も潰されてしまうかもしれない。

(私がもっと強くコウちゃんを止めていれば……私の、せいだ……)

こんな状況でも、コウを恨む気持ちは湧いてこない。胸の内に溢れ返るのは、自責の念と後悔ばかりだ。俯いた顔から零れ落ちた大粒の涙が、きつく握り締めた自身の手の甲を幾度となく打つ。

「夢が破れて、残念だったなぁ橘」

毛むくじゃらの腕でわざわざ少女の両肩を抱いて、顔寄せて耳打ちされたその声は、鋭い氷の槍のごとく冷徹で、涙ながらに振り向いた少女の眼に映る生徒指導教師の顔はひたすらに卑しく緩んでいる。

それに気を留める余裕すら、追いこまれている少女にはなかった。

「まぁ、これはまだ俺しか知らんことだ。だから、俺が黙っていさえすれば」

だからこそ、もたらされた言葉に飛びついてしまった。

「じゃ、じゃあっ」

反射的に背後の桑原に顔を振り向ける。

(桑原先生に黙っていてもらえたら)

もしそれが叶うなら、自分は野球部を辞めてもいい。

「ただし条件がある」

すがるように見上げる生徒の心情を察してなおニヤつきをやめられないでいる中年教師が紡ぐ言葉は、やけにゆっくりと聞こえ、その分より深く、刺さっていった。

「――お前を抱かせろ」

耳元に寄ってきた中年教師の口から満を持して放たれた、とどめの言葉。確かに嬉しさを前面に出した声色だったのに、それが由比にはあまりにも酷薄に響く。

「……え?」

突如放たれた発言が呑み込めず、思わず背後の相手を仰ぎ見た由比の、未だ涙が溜まる眼を射竦《いすく》めながら、

「一度だけじゃないぞ。俺が呼べばいつでも股を開く生オナホになれ」

男はより詳細に意図を語った。織り交ぜられた単語のいくつかは由比の理解が及ばないものだったが、彼の口元に浮かんだ笑みの卑猥さから、おおよその見当はついて

しまう。

それについて、羞恥する間は与えられなかった。

「そうしたら写真もくれてやるし、校内で淫行してたこと自体黙っててやる」

「じょ、冗談……です、よね……？」

怖気づく全身の震えが収まらぬ中、振り絞った掠《かす》れ声でようやく問いただす。

「さすがにずっととは言わんぞ。……夏の大会が終わるまで、ということでどうだ？」

小娘の動揺など意に介さず――桑原は尊大な態度でも意思を示し、問い返してきた。

その眼鏡の奥で細められた瞳が、射竦められている由比には、狡猾《こうかつ》で恐ろしい蛇のそれと重なって見えた。

「そ、そんなことっ」

声に出してすぐ、射竦めてくる眼光が鋭くなったのと、肩に置かれた手からの圧が増したのを体感した。再び示された男の断固たる意志。それでも今度ばかりは、迫る危機への焦燥が勝り、怯まずにすんだ。

（できません。だって、好きな人とする行為だもの。私はコウちゃんとしか……）

自らの膝上で拳をきつく握り締め、告げたい思いの丈を喉元へと押し上げる。

そうして由比が改めて蛇のごとき眼光を相まみえ、口を開いた瞬間。

「よぉく考えろよ橘。お前がほんの少し我慢すれば、高梨のやつは人生を棒に振らずに済むんだ」

まさに狙い打ったかのように桑原は囁きかけてきた。

（私が、我慢……すれば……）

言い放たれた言葉を反芻《はんすう》しつつ、未だに肩に置かれたままの毛むくじゃらの手に身体をまさぐられることを想像する。

「……っ！」

昨夜コウと肌摺り寄せ合った時とは正反対の、猛烈な拒絶が鳥肌となって表れた。

（イヤ……！　やっぱり、無理だよ。コウちゃん以外となんて……）

無理です――。

今度こそ、そう告げようと思ったのに、

「しがない教師生活にゃ未練はないんだ。逆に俺のことを、教育委員会なり警察なりに訴え出てもいいぞ」

卑劣なる教師が、またも先んじて覚悟のほどを語る。

「無論、その場合は写真はゴシップ誌行きだ。すでにプロ注目の星でもある高梨のことだ。高く買われて、いいように書いてもらえて、話題になるだろうぜ」

執拗に決断を迫る口ぶりと銀縁眼鏡の奥の蛇のごとく冷徹な眼差し。それらが人の悪意に不慣れな少女の心に、一つの確固たる印象を根付かせた。

（この人なら、やりかねない。ううん、絶対、そうする……！）

その慄《おののき》きから逃れたい気持ちもあり、桑原とは真逆の、からっとした性根の幼馴染のことが脳裏をよぎった。

『俺のせいだから』『甲子園に出なくてもプロにはなれる』

気丈でひたむきなコウのことだから、非を認めてから、また努力をし続けるはずだ。

幼馴染であり恋人でもある由比だからこそ、甲子園はあくまで夢の第一歩であり、腐らずまた別の道を探れるだけの野球への情熱をコウが持っていることを知っている。

けれどももしマスコミなりに騒がれて、プロから敬遠される事態にでもなれば――。

最終目標であるプロの道を断たれた先のコウがどうなるのか。

（駄目。わかんない。わかんないよ……）

ずっと同じ夢を見てきた幼馴染だからこそ、想像できなかった。

幼馴染であり恋人でもある自分の知らないコウになってしまう。その恐ろしさも少女から逃げ場を奪う。

「小さい頃からの夢を、こんなことで諦めたくないだろ？」

もう一度だけ聞く、これが最後の確認だ。そう告げてから紡がれた桑原の誘惑が、さっきよりもずっと深く、少女の胸の膨らみに沈殿した。

「私が、我慢すれば……」

「そうだ。たった、ひと夏のことだぞ」

意図せず声に出た反芻を、卑劣なる中年教師の喜悦にまみれた響きが後押しする。

（コウちゃん……私……）

決断の間際。再び脳裏に浮かんだ愛しい彼は、日々野球に打ちこみ輝き続ける、いつも通りの笑顔を湛えていた。

5

葛藤の末の、少女の無言の頷き。それこそが受諾の意思表示と受け止めてからの桑原の動きは迅速で――正面にくるなり由比のシャツをブラごと剥いで胸を露出させつつ、耳疑うような言葉を発してみせた。

「スカートを持ち上げて、パンツを見せろ」

「え……」

受諾してすぐに破廉恥行為を指示されるという事態に、躊躇《ためら》ってしまう。

「持ち上げたら、そのまま動くなよ」

間を置くことなく、桑原がドスの利いた声と、細められた視線で圧迫してくる。すでに追いこまれてしまっている、年端もゆかぬ娘が耐えられるはずもないと、今日の経験から理解しての行動に違いない。

そしてそれはまたしても功を奏したのだ。

「うぅ……」

コウちゃん――恐怖を少しでも和らげるため、この場にはいない恋人の名を胸内で反芻しながら、おずおずと、両の手を自身のスカートに沿わせる。未だ続く視線の圧に怯えきっていたため、羞恥を覚える余裕すらないままに。

「よーしよし。そのままスカートを上げてろよ」

嬉々とした中年男の声を聞く。その時まず由比の心に生じたのは、遅ればせながらの羞恥でも、この先に待つ行為に対する一層の怯えでもなかった。

視線と無言という二重の圧から解き放たれたことによる「安堵」。ただそれ一色に心満たされてしまった結果、時間にして数秒ながら、白い無地のショーツを恋人以外の眼前に晒しているという非常事態に心の対応が遅れた。

「どうした、震えてるぞ？　まさか高梨と学校でセックスに及んだお前が、今さら恥ずかしがってるってのか？」

身体は正直なものだ。そう気づかされたのは、桑原の指摘を受けてから、スカートを持ち上げている己が手先を見つめ直した時。

程なくして、小太り中年の太い指先がショーツの前面に押しつく。

女性が子を育む器官に、下着越しにも伝わった肉厚な感触。それが即座にスリスリと股布を上下に擦りだしたことで、ちょうど真下に潜んでいた少女の秘唇《クレバス》にむずつきが生じる。

事ここに至ってようやく、怯え一色に支配されていた少女の心に羞恥が点った。それは、桑原の指摩擦が続き、的確に擦られた股の割れ目が嫌々ながら感応するにつれ、加速度的に膨張していき——。

「あ……や……ぁ！」

堪らなくなった腰がよじれ、逃げる素振りを見せてしまう。

「動くなと言ったろうが」

苛立《いらだ》たしげな恫喝の響きに射竦められたせいで、すぐに回りこんだ桑原の左手にスカートごと尻が捕まり、力ずくで元の位置へと引き戻されてしまった。

そうして続けて、新たな恥辱をこうむる。

「ここだな？」

分厚い指腹がショーツのある一点、由比自身も知らぬ間に小さく膨れ始めていた部位を一発で探り当て、捏ね転がし始める。

「あっ……⁉」

また思わず、今度は隠しきれない甘みを含んだ高い声色が漏れ落ちた。

「クリを弄《いじ》られるの、好きか」

「ちっ、違います……ン！」

ストレートな指摘に慌てて首を振るも、ショーツ越しに陰核を捏ねられて再度漏れた声の甘い響きが何よりも物語っている。

(やめて、そんな風にネチネチと虐めないで……！)

指使い、指摘の仕方。特に指による愛撫のねちっこさを疎んだのは、それがあまりにも——。

「生娘《きむすめ》じゃないにしても、反応がいい。……お前、結構オナニーしてるだろ」

「……っ！」

これ以上喘がぬようにと口塞いだ矢先の次なる指摘。それが当たっているだけに、なお一層唇を噛み、無言を貫く姿勢を表す他ない。

念入りにクリを擦るやり方が、日々の自慰の中で行っているそれと酷似していて、好みに合致し過ぎていたからこそ、続けて欲しくはなかった。

続けられれば、どんどん気持ちよくなってしまうとわかっていたから。

(先生の言う通り、私ってエッチ……なのかな)

それは人に相談するわけにもいかず悶々と抱えこんできた長年の悩みでもあった。

小六で覚えた自慰行為を、中学に上がる頃から最低でも週に三度のペースで重ねている。何度か控える努力もしたものの、悶々とするあまりに日常のことが手につかなくなり、結局元のペースに戻さざるを得なくなる。

コウと初体験を済ませてからも、好みの強さ、長さ、タイミングで恍惚《こうこつ》に浸れる自慰行為を控えられないでいた。

(それでも、最近はコウちゃんとのエッチでも気持ちよくなれてきてた。だから、そのうちに一人エッチしなくてもよくなるのかなって……思え始めてたのに)

牛歩の歩みではあったが、自慰の気持ちよさにセックスのそれが追いついてきている——そう思え始めた矢先の、今日この時。

まさか中年教師の指に恍惚を与えられ、自慰狂いを指摘され、自らの浅ましさを再認識せざるを得なくなるなんて、思いもしなかった。

「まぁ、昼休み中に事を済ますには、その方が都合がいい」

返答を待つことなく、陵辱者の指腹がショーツ越しの陰核を捏ね回す。その圧は先ほどまでよりも気持ち強めで、指腹にはバイブレーションのごとき微細な振動も加えられている。

とうに包皮を脱いで勃起《ぼっき》しているクリトリスにとっては待望の、またしても性感の高まりぶりをぴったり見越したかのごとき絶妙なタイミングでの刺激強化。

「ひぁ！　あっ、やぁ、あぁ、んんっ、ひあっあぁぁ」

押し殺せなかった喜悦が、愛撫のリズムに合わせた嬌声《きょうせい》となって迸る。

（やだ、やだよ……なのに、どうして……コウちゃんとじゃ、ない、のに……！）

拒絶も露わな心根に反して女芯が蕩けてゆくのを、由比自身、その喘ぎのいやらしさによって自認した。

（先生の指の動きに合わせて、腰を揺すったら……）

色惚け始めた脳裏に不埒な想像がよぎるのを、かぶりを振って追い出す。それでも昂る一方の煩悶を吐き出す意味でも、腰を揺すりたい衝動に駆られる。

「……っ、ぁあっ」

恍惚の誘惑と、理性による拒絶。相反する二つの情に弄ばれた由比が腰砕けのような格好ですぐ後ろのソファに倒れこんだのは、いよいよ桑原の指がショーツを捲り、内側へと侵攻しようとした矢先のことだった。

「寝てていいから脚、そう、折り曲げて、このままだ。閉じるなよ」

ソファに背を預ける由比の両脚をM字に曲げて崩さぬよう指令した桑原。その指腹が、再度ショーツの脇に這い上る。

(直接、触られちゃう)

散々擦られたクレバスからは、認めたくはないがすでに期待を示す蜜が染み出ている。「昼休み中に事を済ますため」——そのためにピンポイントで感じる部位を責め立てられた結果とはいえ、あまりにも節操がない。

(ごめんなさい……コウちゃん……)

声に出せばまた桑原にからかわれるだろうから、危機感と、望まぬ火照りとに掻き混ぜられているさなかの胸中で、密かに謝罪する。

直後、桑原の指先がショーツの裾を捲って、湿った秘肉に触れ。

「んぅ……っ」

直接感じる指腹のネットリとした温みにびくついて、陰唇も震えた。緊張しつつも

怯え、拒みつつも潤んだ眼で事の次第を見届けずにいられないでいる由比。そんな小娘の心情を見透かしてなのか、

「随分と濡れやすいな橘。これならすぐにでも指を突っこめるな」

わかりきってはいたが、あえて供物たる少女を辱めんがため、声に出して告げた。少なくとも、潤む眼をきつく閉じた拍子に涙の筋を頬に伝わせた由比にはそうとしか思えなかった。嘲笑と喜悦の色を多分に含んだ響きだったからだ。

「やっ……ちがっ」

少女のあからさまな嘘を遮って、桑原の指先がじかにクレバスを擦りだす。昂奮の証か、中年教師の手全体が火照っていた。

(コウちゃん以外に触られるなんて気持ち悪い!)

強く拒絶するほどに、節くれだった指に扱《しご》かれた陰唇の奥から蜜が染み出てくる。その攪拌音《かくはんおん》——クチュクチュという響きも、より派手になってゆく。

「んひぃっ、あう、っ、やぁ、んんっ……いやぁぁ」

習慣づいた自慰行為により研ぎ澄まされた性感が、仇となっているのだ。昨晩の情事の件を桑原に持ち出された時と同様の「遅過ぎる後悔」が胸内に充満し、止まりかけていた涙が再び溢れだす。その間、目を瞑ったことで桑原の動きへの対処はおぼつ

んっ…
ぴくんっ
ふっ…
んん
くちゅ…♥
ぐちゅ…♥

かなかった。

「くくっ。下の口の正直さに免じて、中の方も気持ちよくしてやるよ」

摩擦刺激に興じ続けていた桑原の指先が、興に乗った声と共に角度を変える。攪拌されて粘度を増した蜜汁に濡れ光る陰唇がそう感じた数秒後には、彼の指が二本。中指と人差し指を揃えた形で、蜜の水源へと突き刺さっていく。

現実から逃避するように瞳閉じて涙にくれている供物には、ただ小さく呻くことしかできなかった。

（嫌、入って……こないで！）

視界を自ずと塞いでいるせいで一層如実に感じられる指のゴツゴツしたフォルム。それに擦れて悦に入る膣内粘膜が、よだれ代わりの蜜を染み漏らす様まで、逐一由比の意識下に焼きついて逃避を妨げる。

（やめて、やめてよぉっ）

主の意に反して、肉の欲に蕩けた淫洞が蠢動《しゅんどう》し、異物を穴のより奥へといざなってゆく。

堪らず膣内を引き締めるも、それすら陵辱者を利してしまう。

「あっ……ひ、やあぁっ」

締めつけを楽しむように、男の指が膣内で襞肉を掻きくすぐる。むずつきと歯痒さを孕まされ、呻かざるを得なくなった隙を突く形でズブリとまた一段、指が突き潜る。

驚き膣を締めつけては、また同じことの繰り返し。わかっていても、膣が反射的に締めつけてしまう。そうしてまた焦らし目的の愛撫を施され、甘露と震えた襞肉が蜜を吐く。

「本当に感じやすいな、お前」

期待感のこもった声を発して、男の指がより技巧を感じる動きに転じる。

蜜のぬかるみを滑るように膣内を前後に這い擦ったかと思えば、締めつけに抗って中指と人差し指を開き、穴を拡げるがごとき挙動に興じたりもする。膣の上下を同時に扱きながら、進んでは戻り、また進むを繰り返す。

そのいずれもが、濡れた女陰にまごう方なき喜悦を植えつけた。

「ひ！　っく、うぅ、んんぅぅっ」

自分では、嘆きを吐き出したつもりだったのに――。

「はは、嬉しそうに鳴きやがる」

直後の桑原の嘲笑を耳にした途端、どちらが正しいのかわからなくなった。

(嬉し、い……？　そんなはず……)

ない、絶対にあり得ない。嫌々身体を差し出している状況下でそんなこと、あってはならないのだと。悦びに震える肉体から必死に目を逸らして、繰り返し繰り返し心に刻む。

そうまでして拒んでも、欲深き肉唇は、突き入った指二本を決して放そうとしない。延々染み出し続ける蜜汁は指のピストン運動の助力となり、伴う淫らな響きも卑猥さを増す一方だ。

「よしよし、こんだけ濡れりゃもう十分だな」

あまつさえ、告げた桑原がずるりと指を引き抜く際には、

「あ、あぁ……んふぅぁぁ……っ」

乞いすがるような声が、ひり出されてしまった。それがまた、男の情動を誘い——。

「それじゃ、そろそろこれを挿れてやるよ」

冷酷と、恍惚。二つを共に感じさせる、冷たくも早口の宣告に繋がった。

「……っ！　や、ぁ……ぁっ」

これで終わりではないのだ。思い知ると同時に、堪らず振り返り、そして目に留めてしまう。

「ソファに上半身うつ伏せになって、ケツをこっちに向けるんだよ」

手早くズボンを下ろして下半身裸となっている桑原の言葉は耳に入らない。

彼が手ずから握っている男根。その子供の腕ほどもあろうかという竿周り、いくつも血管の浮いている節くれだった造形。さらには赤みがかったうえに黒ずんでいる使用感満点の先端。

(大き……っ、嘘……コウちゃんのと、全然……違う——！)

とことん驚愕《きょうがく》させられる。未知なる大人の生殖器への恐怖が震えとなって身に現れる一方で、片時も目を離せずにいた。おかげでまた桑原のいいようにされる。

「そら」

短い掛け声と共に、先刻の愛撫の感慨が残り力を入れられないでいる腰を掴まれ、態勢を引っくり返された。

通達通りにソファに上体をうつ伏せる格好を取らされると、否応なく桑原に向き合うこととなった腰の中心から、溜まっていた蜜が数滴、床を叩く。

「やっ」

音こそしなかったが羞恥した牝腰がくねり、股より漂う淫香を撒き散らしたことで待ち構える牡の鼻息は一際荒ぶってしまった。

「い、いや、先生……やっぱり私っ」

震える声で行為の中止を訴える女生徒を蛇のごとき眼光で見据えたまま、ニタついた中年教師が近づいてくる。

「今さら何言っているんだ？　これも全部高梨のためだぞ、橘」

告げながらスカートを捲り上げた男の左手が怯える牝腰に巻きついて、角度を調節した。そして、くちゅぅ——押し突いた逸物の切っ先と、押し突かれた膣穴とが卑しい水音を奏でながらキスをする。

「あァ……ンッ……！」

堪らず漏れた喘ぎが恥ずかしくて、ソファに顔をうずめる。

じかに感じた亀頭の熱が「ゴムなし」である事実を伝え、一際の危機感が喉元から迸る。

「あ、のっ、ゴムっ」

行為の催促をしてるように聞こえはすまいか。悩みつつも、最悪の事態だけは避けたくて早口で言いきった。

「ああ、昨日の夜はちゃんと着けてたな。ありゃ、高梨が用意したもんか？」

確かに昨夜の行為の際に着けた避妊具はコウが持ちこんだもの。そもそも学校に避妊具を持ってくるという必要性も、発想すら由比にはなかった。

だからこそ今も、桑原がゴムを準備してきていることを期待して乞うたのだ。

だが、返ってきた言葉は無情なものだった。

「ゴムなしの方が気持ちいいぞ橘ぁ」

腰に巻きついた太い腕に、力がこもる。離さないという意思をまざまざ突きつけるそれに、腰を揺すって抗ってみるも、徒労に終わった。

「で、でもっ」

「なんだ、したことないのか、生で」

「だって万が一……」

「こんなスケベな彼女に生の良さを教えてやってないなんて、高梨も薄情な……いや、臆病って言う方が正しいか？　ハハッ」

言い出したら聞かない、取り付く島がない相変わらずの口ぶりに、一層の危機感を孕まされる。

(駄目だ、何を言っても……このまま、ゴムなしでされちゃう)

心の内が諦観に埋め尽くされていくほどに、膣洞の蠢動が気に障る。中途半端に愛撫を切り上げられたせいだとわかっていても、身体がコウを裏切っている――そう考えて、悔しさを募らせずにいられない。

それを吹き消したのもまた、陵辱者だった。

熱く猛った肉の棒がいよいよ、飢え喘いでいる膣の唇を割り、蜜溢れる膣内へと無言で突き入ってくる。

「んっ、ふうぅぅ……！」

認めたくはないが火照り通しの膣肉が、より熱々の侵入者に驚きつつ、本能で締めつける。そのため余計峻烈に伝わる、生の男性器の硬さ、太さ、ゴツゴツの形状。いずれも昨夜のコウのゴム付きのモノとの違いが際立っていて、「浮気」の二文字が少女の心を切り刻む。

「ははは、これがＪＫマ○コか……！　すごい締まりだなっ」

逸物を半分ほど埋めたところで腰を止めた桑原が、感嘆を口にした。そのまましばし締めつけに感じ入るのかと思えば、肉棒の切っ先がその場で円を描く。

（コウちゃんのと全然違う……お腹の中が拡げられちゃう……！）

粘膜を撫で擦られた部位から膣内全体に、甘露な疼きが波及する。

幸い、ソファに押しつけた口唇からくぐもって漏れた喘ぎは、背後の桑原の耳には届かなかった。

「散々高梨のを咥えこんだわりに随分とキツキツじゃないか」

なのに中年男は嬉々として告げた。

掻き混ぜられた瞬間から締めつけと潤みを増した膣穴が、これでもかと悦びぶりを伝えてしまっていたから。

「そん……な……私……たちは……たまに……し……か」

否定の言葉を出そうとするも、その間に二度三度と、膣洞の中腹辺りを肉棒に往復され。

「ひっ、あっ、あぁ……やはぁっ、ああっ」

扱かれた粘膜にたっぷり付着している蜜汁が、グチュグチュと淫猥なる音色を響かせる。粘膜自体もさらなる火照りを孕まされたそのうえで、なお一層の刺激を欲して桑原の肉厚男根へとすがりついてゆき、鼓動が速まり、荒く、途切れ途切れの吐息となる。合間に堪らず吐き出す喘ぎを早くも抑えられなくなった。

「たまに？　おいおいアイツホントにチンコついてるのか？」

桑原は昨夜のコウの腰遣いを目撃している。そのうえで優越に浸っているのだと、思考力の落ちている頭でも即座にわかる。

（最……低……！）

自業自得という思いがあったからこそ、これまで直接の非難を躊躇っていた由比の内に、初めて、強い憎悪が生じた。

「コウちゃんは、こんな酷いことしません……っ」

泣きじゃくりを無理やりに止めて、今できる精一杯の声を張る。ソファから持ち上げた顔を背後に向け、涙を拭うのも忘れて憎い相手を睨んでやった。

だがそれも、肉悦貪る男には響かなかったようだ。

「酷い？　お前のココはそう思っちゃいないだろ」

言うが早いか捲れたスカートごと牝腰に巻きついている左手を下に滑らせ、左腿を掴む。空いていた右手も肉付きの良い右腿を掴んだのと同時に、力強く引き寄せられ。

「ひっ……ンッッッ!!」

パンと音立てて、少女の発育のいい丸いヒップと、中年教師のワイシャツに隠れたビール腹とが勢いよくぶつかり合う。

衝撃に叫んだ由比の腰元では、またも心に反する動きが生じていた。

乗じて一気に根元まで膣内に収め終えた逸物の亀頭は、コウのそれが踏み入ったことのない奥にまで届いている。

怯え慄くべき事態だというのに、膣肉は――。

「身体は正直だな。なぁ橘」

打ち震えていた襞肉が、逸物がわずかにずり動くだけで媚び吸いつく。

（頑張ってるコウちゃんを悪く言うような人が相手、なんだよ。なのにどうして。どうしてぇぇっ!!）

心の慟哭に呼応せず、逸物の嬉々とした脈動にのみ順応して膣洞が蠕動《ぜんどう》する。

「ほれ」

「やっ……あ……！」

桑原が腰退くふりをしただけで、敏感に察知した恥肉《ちにく》がギュっと締めつけて、離れることを拒む。

（違います、これは……違うの、ただとっさに反応しただけで）

よっぽど言いたかった言葉。通じないとわかってはいても、しなくてはならなかった弁明。それが由比の口から漏れ出るよりも先に、再び桑原が動いた。

「高梨の代わりに、俺がセックスの良さを教えてやるよっ」

吠えた男の腰が思いきり退けてゆき。

「ひっ！　んうぅぅ……～～っ」

少女が胎に生じた飢餓感を今度こそ押し殺そうと再び顔面をソファに押しつけ、唇を噛んだ直後。

「やっ⁉　あっ、んくぅぅぅっ！」

視界が横転する。同時に、膣内で肉棒がねじれ、伴う摩擦を浴びた襞肉が驚き喘いで、総出で蜜を吐く。これもまた、正常位一辺倒のコウとの性交では得たことのない衝撃だった。

桑原に抱えられていた腰が九十度左に回転させられたためだ――原因に気づいた時にはもう、再び逸物が深く突き入っている。

「んひぃぃぃぃっ！」

左側面を下にした横臥位の姿勢を取らされたことで、突き入った亀頭は先ほどまでいた膣奥ではなく、奥まった部位の上壁を抉《えぐ》っている。

（う、そ……刺さってる。私のお腹の奥に先生の先っぽ刺さって……！）

挿入前に目撃した赤黒い切っ先。エラも凶悪に張っていたあの肉傘に、自分の指はもちろんコウのペニスも届かない部位を押し上げられている。

信じ難い事態を心の中で反芻し、呑み含めるほどに、突かれた際の痺れるような悦が再来し、膣洞全体が引き攣《つ》れた。

「ひぁっ、あっあぁぁ、あひっいぃぃぃっ⁉」

痺れるような悦――それ自体は自慰で絶頂する際の前兆に似ていたが、今しがたのものはより強い中毒性を孕んでいる。

膣だけでなく、より奥、子を育む器官である子宮までもが疼いたのを確かに知覚した。それはやはり、指や恋人のペニスが届かない、より子宮に近い部位を抉られたから——だとしたら。

自慰やコウとのセックスでは再現できない快楽。桑原だけが与えられる恍惚ということになる。

(嫌。こんなの覚えたくない——!)

必死に打ち消そうと試みるも、それを嘲笑うかのように桑腹の腰が弾みだす。

「先生……っ、お願いします。もっと……ゆっくり……先生のっ、おっきいから、そんなに激しくされるとっ」

恥もプライドもかなぐり捨てた懇願も空しく、抉ったままの上壁に己の存在を刻みつけるように、腰を回して亀頭が捏ねつけられる。

「やっあはあっあぁぁ」

あまりにたやすく、少女の膣を歓喜の渦に叩きこむ。足掻いて這い上がろうにも、続けざまのピストン摩擦が蜜壺のさらなる潤みを誘発し、渦中へと滑り落とされてしまう。

「ははっ、高梨の粗チンより俺のデカマラの方が刺激が強いか」

(でも、コウちゃんは私を想ってくれてる。私だってコウちゃんを……だからこんなの、間違ってる。気持ちよくっても、違うの！)

物心ついてからずっと、長い時をかけ育んだ絆。絶対揺るがぬと信じているものにすがることで、心と身体を切り離し続けようとした。

「なら思う存分味わうんだなッ」

けれど、そんな努力をも打ち崩さんと、卑しい肉棒が猛攻を仕掛けてくる。

「あっあっはぁっあぁぁっ！」

右脚を抱え持たれる格好で突き上げられ、より深くの結合を果たした肉棒と膣粘膜とが、まるっきり同じリズムで打ち震え合う。

(いやッ、なにこれ……あッ！　ひ……っ、頭の中が真っ白になりそぅっ……こんなの今まで一度も……)

すっかり濡れそぼった勃起クリトリスを桑原の指に摘まみ扱かれながらの膣奥ピストン。子宮にほど近い上壁を抉り擦られるたびに、腰の芯から猛烈な悦の波が迸る。

それは瞬く間に少女の脳裏を歓喜の白に染めた。

やがて中毒性の高い悦の波が、寄せ返すたびに大きく、強くなっていくのを実感するさなかに考えさせられてしまう。

(もしこれがコウちゃんとのセックスで、大好きな彼相手に初めて体験できたなら)

どれほどの幸せに包まれたのだろう——と。

幸せな妄想は子宮をくすぐり、膣洞のさらなる収縮を促した。

「中がうねってるぞ、イキそうなんだな、なぁ橘ぁっ」

「……っ! やっ、ち、ちがっ、んくぅッぅぅぅッッ!」

喜色満面の声により現実へ引き戻され、再び怯えと自己嫌悪に憑かれたが——それもほんのわずかしか続かなかった。

イヤイヤと首振ることでソファの上を掃くように揺れたポニーテールを見つめる男の鼻息と呼吸、それに膣内の肉の棒の鼓動までもが一斉に忙しさを増している。その事実を目と耳、そしてペニスに負けじと快楽の高みを目指して収縮を重ねてしまっている膣全体で認識してしまったのだ。

「ひ……ッ!! やっ、いやあああああああっ!」

肉の悦びに打ち勝った恐怖が、涙混じりの叫びとなって由比の口唇から溢れたのと時同じくして、

「……っ……俺もイクぞぉっ!」

上ずった中年教師の声が届く。

引き攣れる膣肉の狭間を往来しながら忙しない脈動を放ち始めた肉の棒。それが男の絶頂、射精の予兆であることは知っている。

それを膣内でじかに浴びてしまえば、もはや絶頂にひた走る女体を押しとどめられないだろう。

(嫌、イキたく、ない！　怖いの、コウちゃん……助けて……！)

確信めいた恐怖が噴き出すほど、相反して恍惚に溺れた膣襞が射精間際の肉幹に舐《ねぶ》りつき、締め扱いてしまう。

「ぅお……っ！　このっ、天性のドスケベめ！」

嘲り浴びせた男の逸物が、グリっと膣の奥まった部位にある壁の一部を突き捏ねる。

「ひっ！　あひぁぁぁ⁉　あっ、ひあっあぁぁぁぁぁっ……⁉」

今日最大の衝撃が、矢のごとく女芯に突き刺さる。傷口から噴き出す血潮のように湧き上がった最大の悦波が、スカート纏う細腰に小刻みな痙攣《けいれん》を引き起こさせる。

射精間近の肉棒が再び膣内を往来し始め、もたらされる苛烈な摩擦悦に、病みつきとなった女性器が嬉々と弾むのを堪える余力もなかった。

応じて、まるで共に至る合図と言わんばかりに肉の棒がぶぐり――パンパンに張った幹をなお膨らませたのを、引き攣れ通しの膣肉で感知する。

「もうそろそろ出すぞ橘！」

吠えたが早いか、クリトリスを手指ですり潰し、逸物がまた膣の奥の上壁を先刻以上の強さで抉り穿つ。

自慰で散々開発してきた陰核と、今日初めて教えられた場所。自身の知る限り上位二つの性感帯を同時に責め抜かれて、ギリギリ踏ん張ってきた心の堰も決壊の時を迎えた。

「やあっひっあっあああああああああっ！」

子宮にぶつかり弾けた快感の大きな塊が、四肢末端にまで波及していくさなか。コウとの性交では一度も聞かせたことのないオクターブ上での嬌声を、ここが学校内であることも忘れて轟かせてしまう。

ついに拒み続けたセックスでの絶頂に達してしまったという嫌悪も、後悔も、喜悦にまみれた心根には今は響いてこなかったから。浅ましき肉体は、与えられた快感を片っ端から貪っていく。

持ち抱えられた右脚を天に向けてピンと張り、無意識に腰を桑原の股間へと押しつけて、痺れるような悦波に合わせて陰唇から膣内、奥で喘ぐ子宮までをも嬉々と震わせる。宣言通りに引き抜けてゆく肉棒がもたらす摩擦刺激すら、ギッチリと締めつける膣全体で貪った。

自慰で味わうのと別次元の、女芯のより奥底から爆発的に飛び出してくる絶頂の大波。連続で襲い来るそれより逃れるすべもなく。浴びるほどに、とうに快楽漬けの肉体はもちろん、足掻き続けた心にまで喜びが充満してゆく。

(あ、あぁ、あぁぁ……イッ、てる……私、すごいの覚えて……)

恋人以外との姦通であるという事実と共に永劫焼きつくであろう絶頂の記憶。ぶり返しながら長々続く余波が、少女に涙と嗚咽をこぼさせる。

「うっ、うぅう、ごめ、なさい……ひっ、ごめんなさ、あぁぁ……っ」

嘆きの言葉尻が、ちょうど寄せ返してきた悦波によって甘い響きとなる。それに悦びまた盛大に脈動した亀頭が、ついに膣から引き抜ける。

「顔向けろ！」

間髪を入れずに恫喝めいた指示が飛ぶ。

力を入れられず、ぐったりとソファに背を預けた少女の、一度も露出せずじまいの胸の上。密かに尖り勃ち続けていた乳首をなお無視して、数センチ上に腰浮かせて跨った男が逸物を突きつける。

「やぁぁ……」

鼻先に突きつけられた、まだ汁気たっぷり剛直から香る淫臭に、眉しかめつつも、高鳴り通しの心臓がドクリと跳ねた。

嫌なのに。臭いとわかっていたのに。嗚咽に伴い垂れかけた鼻汁を啜る際に、否応なく吸いこんでしまう。そして案の定、眉しかめ嫌がりながらも、腰の底から迸る肉欲の滾《たぎ》りに苛まれる羽目となる。

「お、おぉっ……！」

そうした小娘の反応に気をよくして嬉々と響いた呻きに乗せて、白く濁った迸りが飛ぶ。弧を描いたそれが、絶頂の余韻に喘ぐ少女の鼻筋から口元にかけてを汚す。

「ン……ッッ」

さすがに口を閉じたかったが、漏れ続けている喘ぎと嗚咽が許してくれない。鼻筋にへばりついた白濁も、口元に付着したものも、重たさ十分の濃さで、意識せずにはいられない。当たり前のように口中に垂れ落ちてきたそれを吐き出してよいものか。

（お願いします、先生……）

たった今自分を犯したばかりの相手に視線で許しを乞うも、彼はごくりと生唾を飲んだ後、

「飲め」

短く、冷徹に言い放った。

「ンン……ッッ、ン……ンン……」

相変わずの蛇を思わせる眼光に竦まされ、仕方なく嚥下《えんげ》すると決めた白濁汁は、苦みとぬるつきに満ちていた。催す吐き気と、ドロドロと後引く喉越しを我慢して、恐る恐る飲み下す。

そのさなかにも、第二陣、第三陣の白い迸りが飛んでくる。ポニーテールの結び目辺りに回りこんだ桑原の手に捕まえられているせいで、逃れることは叶わない。

嫌々顔で受け止める。その様を見ながら放たれる迸りは、なかなか勢いを緩めなかった。

(酷い、こんなの……)

ぶり返す悦波も、この時ばかりは悲痛な心情を覆すに至らなかった、生臭さにくるまれ濃縮された淫臭に酔い痴れる気にもなれない。

身も心も汚《けが》された嘆きを噛み締め、涙しながら、桑原の射精が終わるのを待つしかなかった。

6

「これだけ反応が良いとなると、すぐ拡張に取り掛かってもいいかもしれんな」

事後。鳴り響いた昼休み終了を告げるチャイムのすぐ後に、ぼそりと告げられた言葉。まだ理解し得ないその内容に恐れ慄きながら、授業のため先に部屋を出てゆく桑原の背を見送る。

散った汁気を拭き終えてなお淫香漂う室内に一人残され、未だ残る脱力感にも悩まされながら。

「……夏が、終わるまで」

泣き腫らした赤い目を瞬かせ、掠れた声で契約期限を復唱する。

(コウちゃんも……部活のみんなも大会に向けて頑張ってる……夏が終わるまで。それまで私が我慢すれば、きっと……全部が上手くいく)

傷つき喘ぎ、すでに涸れて出なくなった涙を流せと命じる心に、繰り返し言い聞かせ、前を向く。

「顔、洗わなきゃ……」

でないと、教室で待つ友達に勘繰られる。

部活動の時間までに泣き腫らした目も何とかしなければ、コウに心配されてしまう。
いつまでもこんな場所に残っているわけにはいかない。
気丈に振る舞い、すべきことを思案することで悲しみから逃避する。
「コウ……ちゃん……私、頑張る、から……だから」
許して――。
その一言は自分勝手だと理解していればこそ。どうしても声に出せなかった。

第二章　肛悦開拓

1

　六月第二週の月曜日。あと半月で甲子園予選を兼ねた大会を迎えることもあり、野球部は連日厳しい練習に励んでいる。

「あれ、由比ちゃんは一緒じゃやねぇの？」

　放課後。練習用ユニフォームに着替えようと部室に顔を出したコウは、先に来ていたチームメイト――正遊撃手の木山《きやま》に開口一番、そう声を掛けられた。

　仲間にとっても、自分と由比は一緒にいるのが当たり前になっているのだ。コウは改めてそのことを実感した。

「ああ。なんか進路のことで面談なんだって、職員室の方に行ったよ。遅れるけど、ちゃんと練習には顔出すってさ」

　由比が話したことをそのまま伝えると、木山は肩を落とし落胆した様子を見せる。

「由比ちゃんの応援がないと気合が入らねんだよなぁ」

部のために日々尽くしてくれている由比の存在の大きさに改めて気づかされ、嬉しい反面、コウの胸内には「俺の彼女だぞ」という独占欲的な気持ちがないではなかった。だから、だろう。

「おいおい、頼むぜ。レギュラー遊撃手」

主将として苦言を呈したつもりだったが、言葉にやや棘《とげ》が混じってしまう。

しかし、コウが由比をどれほど大切にしているか、同輩後輩関わらず野球部の誰もが理解している。なればこそ、木山も特に気を留めてないようだった。

いつものことと受け止められているのか。それはそれで問題な気もするが――元々は内気だった由比のことを、幼稚園や小学校の頃は何かにつけて庇っていた。それがそのまま癖となり、時にさっきのような過剰反応をしてしまうことがあった。

（さすがにこの年になってまで、過保護か？）

そう思うこともあるが、結局は「大事な幼馴染であり恋人だから」守ってやりたいという気持ちが先行し、改める機会を逸したまま今に至っている。

「あー、ラブラブな彼女。俺も欲しいぜ」

いつも答えの出ないコウの自問自答を遮ったのは、またも木山の声。冷やかす意図ありありの響きに顔を向けると、日焼けした悪びれない笑顔とかち合った。

野球部の面々は由比ほどでないにしろお人好し揃いで、他人をやっかむなどといった感情とは無縁の連中だ。その口から発せられる冷やかしに悪気はなく、むしろ祝福の意味合いが強く込められているのは重々承知のうえ。

そして、良い奴揃いの野球部の仲間に私生活でも春が訪れることを心底願ってもいたから。こういう時、コウの返す言葉は決まっていた。

「甲子園出れば、モテモテだぞきっと」

「いやそれ、エースでキャプテンのお前が余計モテるってだけやろがい！」

素直な気持ちで告げたのに、ツッコミ返されてしまう。それを契機に一方的な冷やかしの時間は終わり、悪気なく忌憚もない軽口の応酬が始まる。

そうして騒がしくなった部室に、次々と仲間たちがやってきた。

「ちーっす」

元気一杯に頭を下げる一年生。

「あー今日も地獄の走りこみかぁ」

ダレた調子ながら、その目は「今日もトップグループでゴールするんだ」と語っている同輩のレギュラー選手。

「おう。何の話してんだ？　またコウののろけ話か」

一際大柄な正捕手。バッテリーを組む相棒の手を挙げての挨拶に、コウもまた同様の所作で応え、笑顔を交わす。

「のろけてねーって」

「口に出さんでも態度に出てんだよ。この幸せ坊主！」

正左翼手のスポーツ刈り頭の言葉に、コウ以外の一同が頷いて。

「そういや、由比ちゃんは？　洗濯場にも姿見えんかったけど」

コウはまた、もう一度由比の居所について説明せねばならないことに、苦笑する。

「ああ、それがな――」

仲間の輪の中心で、野球部主将は、心の底から信じている恋人の言葉をそのまま再度、発していった。

2

放課後、野球部員たちが鍛錬に励んでいる裏で訪れた、何度目かの密会の時。

「今日はお前のケツ穴を使わせろ」

顔を合わせて早々に中年教師の口から吐き出された言葉は、身体を差し出すよう迫られた初回と同等の衝撃と動揺を少女にもたらした。

「高梨とヤッたことは？　あるのか、ないのか。どうなんだ？」

「あ、ありませんっ。そんな……汚いところでするわけっ……ないじゃないですか」

しつこさに苛立ったのではなく、コウを侮辱されているように感じられ、声を荒らげてしまう。相手の機嫌を損ねても損するだけ――過去の密会で身に染みている事実が遅ればせながら警鐘を鳴らしたのは、背後に回りこんだ桑原に抱き留められた、まさにその瞬間だった。

「汚い？　なんで汚いんだ」

「だっ……て、ウン……っ」

ウンチする穴だから。舌に乗せかけた言葉を羞恥が押し戻し、唾と共に嚥下する。

「ハハハ。おい、よく聞こえなかったからもう一度言ってくれ。ウンなんだってぇ？」

中年の嘲りに羞恥し、せめてもと抗議の目を向けるも、意味を成さなかった。

「まぁそんなに自分を卑下することはないぞ橘」

言いながら肩抱く腕に圧を込めてくる。有無を言わさず事を進めるやり口は、初回から変わらない。繰り返し経験させられた女体は、初めの圧をかけられた段階で条件反射的に竦み、抵抗が緩むようになってしまっていた。

「ひっ……」

加えて臀部《でんぶ》に押し当たる、熱く滾る男根の膨らみ。少女のスカートとショーツ、教師のスラックスとトランクス。四つの障壁に隔てられてなお熱と脈動を峻烈に知らしめるそれにも身動きを封じられてしまう。

「スカートを脱いで、テーブルに乗れ。乗ったら屈んでケツをこっちに向けるんだ」

恫喝めいた低い音声。言ったきり無言でうなじ辺りをねめつけてくる蛇のごとき眼光。刻々と過ぎる壁時計の秒針。

すべてが少女の焦りを助長する中、

「高梨のために頑張るんだろう？」

言下に「やらなきゃ野球部を大会に出られなくする」との意思を込めた桑原の物言いがダメ押しとなった。

(コウちゃん、の……ため。夢の一歩、甲子園に行く、ために……っ)

幼少より数えきれぬほど思い浮かべてきた、甲子園のマウンドで投げる恋人の姿。勝利して見せる彼の笑顔。大好きな男の子が最も輝いている瞬間。それに後押しされ卑猥行為に臨む流れが定着しつつあることに後ろめたさを覚えつつ、

(ごめんね。でも、私、頑張るから……)

少女は今日も唇を噛み、中年教師の命に従った。

3

膝ぐらいの高さの黒テーブルの上に、俗に言う「ウンコ座り」で屈み、下着姿の尻を背後の桑原の顔に向けて突き出す。指示通り実行したポーズの卑猥さは想像以上で、由比の羞恥は早くも最高点に達しつつあった。

中腰でしゃがむ姿勢は、あまり経験がなかったが和式便所で用を足す際の姿勢にも似ていて、それがまた「排便する穴」という当たり前の認識をより強くさせる。

（そんな穴を躾《しつ》けるって……）

想像もできない。

けれど今は未知の恐怖よりも、身に溢れる羞恥が勝っていた。

「くく……それじゃ早速初めてのお尻体験をしてみようか」

室内に敷かれた絨毯にじかに胡坐《あぐら》をかいて座った桑原が、鼻で笑う。彼のちょうど鼻先に来るよう高さを調節させられた臀部、ショーツ一枚に守られたその割れ目に鼻息が吹きかかり、くすぐったさに腰がよじれたのもつかの間。

「ひっ！　や、ぁぁっ」

前触れなくショーツ越しの尻に頬ずりされ、怖気が奔る。恥辱に耐えるため握り締めていた手中で、かねてよりの羞恥と緊張により染み出してた汗がヌルヌルと滑り、心地悪さに拍車をかけてくる。

「いくぞ」

不意に放たれたそれが何の合図かも理解できず。かといって尻側に座る彼を見つめる勇気も持てず。

結果、事態を掴めたのは、桑原の手がショーツをずり下げ始めてから。

「やっ！」

慌てて尻を振るも、

「じっとしてろ！」

強い恫喝を浴び、強張った肉体はさらなる抵抗を示せなくなった。

(やぁぁ……見られ、ちゃう……！)

天井知らずに膨れ続ける羞恥に耐えかね、せめてもと両手で顔を覆い隠す。

しかしそうやって視覚を自ずと塞いだ結果、研ぎ澄まされた触覚が、少しずつずり下がるショーツの衣擦れ、併せて露わになっていく尻肉にそよぐ桑原の鼻息の熱をより鮮烈に感知してしまう。

「……ッ！　うぅ、やぁぁ……」

直接目にせずとも、桑原のニタついている様が容易《ようい》に思い浮かぶ。覆う手の内側、きつく閉じた瞼裏に投影されたそれが、すぐに屹立した極太ペニスの雄姿に移り変わり、我慢に注力すべき心根を揺さぶる。

「くくっ」

密会を重ねる前であれば違いのわからなかったであろう、桑原の含み笑い。けれど今は「期待を噛み締めて喜んでいる」のだと確信できてしまう。

(抵抗すると怒鳴られる。余計にいやらしい目にあわされちゃう)

前回までの密会の記憶が、再び歯止めとして作用する。じきにより一層の恥辱が与えられると知りながら、結局、尻の穴を窄めて待つことしかできなかった。

そのはかない抵抗も、桑原の手指によってあっけなく破られる。

「そぉら、ご開帳」

尻の割れ目が半ば露わとなったところで虚を衝いたようにショーツが一気に引き下ろされ、外気に撫ぜられた細腰が身震いした。

丸出しとなった尻肉に、汗ばんだ男の手指が張りついてくる。それだけでも悪寒が増してしまうのに、彼の指は尻の肉に食い入り、そのまま左右に割り開いていった。それに従って、割れ目の奥に潜み窄まっていた尻の穴が横長に伸びてゆく。

「……っ、もう、許して……。許してください……」

溢れ返る羞恥の渦の中から、懸命に声を上げる。すでに身に染みて知っている事実が念頭にあってもなお、無言で恥辱に耐えることができなかった。だが、涙声で訴えるのは逆効果だった。

「おいおい、泣くのはまだ早いぞ橘。これからたっぷりと嬉し泣きさせてやるからな」

案の定、嬉しげに笑った男の手に力がこもり、ついに目一杯拡がった双臀の谷底から、半開きの窄まりが姿を見せる。

「色も形も綺麗なもんだ。高梨とアナルセックスしてないってのは、嘘じゃないみたいだな」

親にも長らく見せたことのない排泄穴をしげしげと眺められている。信じ難い現状に、耳の先まで真っ赤にして恥じ入り、俯いて首を振る。揺れたポニーテールが由比自身の背をくすぐって、思わず身震いした結果。揺れた尻がまた、男の目を楽しませてしまう。

誘蛾灯に引き寄せられる羽虫のごとく窄まりに寄ってきた男の鼻息は、初めて由比の膣を貫いた時以上に荒く滾っていて――。

「女子校生でも、ケツ穴はケツ穴だな。鼻を近づけただけで匂いがわかる」

「い、嫌っ!!」

尻穴へのくすぐりに耐えるべく唇を固く締めようとしていた矢先の辱めに、否応なく拒絶の言葉を吐かされる。

「今からたっぷりほぐしてやるからな。橘、お前は自分の手でしっかり尻の肉を拡げてろ。手を離したり、逃げようとしたりするんじゃないぞ、わかったな」

「……っ！　うぅ……」

言葉尻に向かうにつれてドスを利かせていく桑原に対し、どうしても心身共に竦んでしまう。元はと言えば自分たちの蒔いた種という後ろめたさも相変わらずひしめいていて、結局またしても大した抵抗を見せられぬまま指示に従い、桑原に代わり自らの手で双臀を開き続ける任を担ってしまう。

桑原が自身の指先を舐り、唾を塗りつけていく間も、目を向ける勇気もなく背を震わせていた。そうして全く無防備に晒され続けた窄まりへの、異物の接着を許してしまう。

「あう……ッッ！」

最初にぬるりとした唾の感触。続けて男の指先の硬さが窄まりに伝わって、思わず引き締めるも——ズルリ。ヌメりを纏う桑原の右手人差し指が、窄まりの収縮間隔を見破り、唾の滑りにも助けられて腸内へと侵攻を果たす。

「い、痛い……ですっ！」

ぎゅうぎゅうに締まった窄まりを内側からこじ開けられる感覚に、痛烈な苦悶が広がる。

「ケツを締め過ぎだバカ！　もっと力を抜けっ！」

叱責《しっせき》を受けて従おうとするも、苦痛に痺れた肛門はいっかな言うことを聞いてくれない。

「ど、どうすれば……っ」

陵辱する当人に指示を仰ぐ。滑稽に思いながらも、他にすべなく、痛みに歪んだ顔を振り向けて乞いすがる。

「いつもクソしてる時みたいにいきんでみろ」

未通穴を開拓する悦びに憑かれニヤつきを隠せないでいる男の物言いは、身も蓋もなくあからさまだった。

「そ、んな……こと……っ」

しかし、従わねばいつまで経っても痛いままだ。

「うぅ……！　ンっ、ぐ……うぅぅ」

恥を忍んで従うと、いきむのと同時に指が引き抜けてゆき、生じたばかりの小さな圧迫感も薄らいでゆく。

苦痛は和らいだ一方で、目まぐるしく変わる状況に、感情の処理が追いつかない。そんな心同様に、尻の穴も混乱をきたしていたのだろう。

（う、嘘……どう、して……！）

間断なく、つま先までの深度で抜き差しされ続ける唾つき指。その摩擦による衝撃と熱に逐一感応して伸縮する肛門全体が、次第に熱を帯びていく。

「どうだ橘？　ケツ穴をズボズボされるのは？」

あまりにも明け透けな問いかけ。

しかし少女の胸内に溢れる動揺と不安、陵辱者以外に頼れる者がいない状況が、素直にすべてを吐露させた。

「……その……ト、トイレする時みたいな感じと、入った時にお尻がぞわぞわするのが交互に来て……」

尻に抜き差しされる指のリズムが、過去の密会で散々膣を蹂躙した忌まわしくも猛々しい逸物のピストン運動を想起させる。それゆえに、今日は放置されっぱなしの膣穴が、尻穴ほじりが始まってから一層疼きを強めていた。すでにジットリ濡れそぼっている生殖器から香る匂いに、桑原も気づいているに違いない。

「気持ちいいか？」

当たり前に生じた由比の予想を裏付けるように、嬉々とした問いかけ。

「あァ……ッ」

刺激を欲する膣と、初めての抜き差しに惑い喘ぐ尻穴。両穴に溢れるすべてが少女の心を掻き乱し続け、ついには溢れ出した結果。首肯《しゅこう》という形での、さらなる吐露を実現させる。

そのことに恥じ入る間も与えられず。

「よしよし、素直な子にはご褒美をあげないとな」

より声弾ませた桑原の左手が膣口に伸びてくるのを気配で察し、応じるように溢れた蜜が一筋、屈む腿に滴った。

「ン、ぁああ」

すでに汁気たっぷりの膣穴がすんなり桑原の指一本を迎え入れた瞬間。首肯の際にも懸命に殺し続けていた喜悦が押し出されたように喉元から吐き漏れる。

そうして一度堰《せき》を切ったが最後。

「この部屋は防音完備だ。好きなだけヨガっていいぞ」

告げるが早いか、桑原の右手人差し指が肛門、左手人差し指が膣門、それぞれを違うリズムで穿ちだす。

「ンッッ！　つぐぅぅ……ンっ、うあ、ふっ、ンンぅぅぅ……！」

まず真っ先に少女の耳に飛びこんだのは、膣が奏でる淫音。溢れ返る蜜が往来する指に掻き混ぜられ、派手に鳴いている。それに続けとばかりに、自身の喘ぎが轟く。時に鉤爪のごとく折れ曲がって膣壁を擦り上げる指愛撫に、瞬く間に順応した襞肉が恥じらいもなくすがり締めつけてしまっていた。

その合間に尻穴をほじられて、少しばかりの圧迫と、まだ完全には拭い去り難い嫌悪感。加えて、指をすべて抜かれた段では排便終わりにも似た解放感が伴う。再度貫かれた尻穴が悪寒に震えながらも、失った解放感を早々求め、蠢《うごめ》いてしまう。

(お尻の中で気持ちいいのと悪いのが交互に……。アソコの気持ちいいのも混ざって……っ、グチャグチャ……！)

両穴のみならず、頭や胸の内まで掻き回されているようだ。錯覚に脅かされるうちにも、桑原の責めは緩まない。

「マ○コとケツ穴、どっちが感じるんだ？」

二つの穴を隔てる肉壁を双方から摘まみ捏ねては、問い、心身両方を辱めることを忘れない。

「あ……わかりませ……んっ、どっちもっ、混ざっ、やっ、それっ、ダメぇぇっ」

隠しきれない蕩けが声と表情に滲《にじ》むも、衝撃を甘露と受け止めて蠢く腸洞を諫めるすべはなく。顔を覆いたくても、双臀を割り開き続ける両手を動かすわけにはいかない。身に奔る痺れめいた悦びに脚が小刻みに震え、テーブルから転げ落ちそうになっても、姿勢を変えることは許されておらず、内に溜めこむ他なかった。

「んッ。は、ぁあっ……っ、ンぅっあぁ……ッ」

捏ねられた肉壁、突かれた両穴より止め処なく迸る悦が、身の隅々に行き渡り、散々火照らせた挙句に毛穴から噴き出てゆく。

膣の口からは蜜汁がよだれのごとく垂れ、腸内にも桑原の唾とは違う汁気が徐々に染み出している。どちらも、指で掻き回している桑原に筒抜けだ。

（ダメ……これ以上恥ずかしくしたら、グチャグチャにしちゃったらぁぁっ！）

喘ぐのに忙しい口唇の代わりに胸中で繰り返し唱えたそれは、二穴を捏ね繰る桑原の指に対してのものだったのか、膣の快感と腸の衝撃をごちゃ混ぜにし始めた己への危惧だったのか。

由比自身理解し得ぬうちに、新たな指摘が及ぶ。

「尻を振ってチンポのおねだりか。随分素直になったもんだな。えぇ？」

「ふ、ぇ……？」

嬉しげに放たれた彼の言葉通り、自分の腰は振れてねだる意思を示してしまっていたのだろうか。

（わか、らない。わかんないよ……）

二穴に与えられる刺激に集中していた由比には、判断できなかった。

「上半身をテーブルに乗せて、ケツをこっちに向けろ」

「や、あ……っ」

ただ、手を引かれて振り向かされた際に視界に入ってしまった桑原の股間。スラックス越しにも明瞭なその勃起ぶりに生唾を飲まされ、挿入の予感に膣洞がときめく。その時は、いつ訪れてもおかしくなかった。

自然と締まった膣口から蜜汁が染み漏れたのと同時に、連動して肛穴が窄まり、今度ははっきりと細腰がくねり恥じらうのを自覚する。

（違う、おねだりなんかじゃ……。ただ、恥ずかしくて堪らないだけ……！）

恥辱ごと振り払いたいとの意思の表れでしかない、そのはずだ。

けれど、指示に従い姿勢を変えるさなか。内腿に伝った蜜汁と、その源泉である秘壺の奥の方にまで続く喘ぎめいたパクつき。それらが桑原の言葉を裏付けている現実を覆す言葉もない。

結局今日も、己と向き合いきらぬまま、テーブルに顔を突っ伏した。同じくテーブルに押し潰れる格好となった今日も手つかずの双乳が、早鐘のように鳴って伝えてくるのは、警報か、期待か。答えも未だ見出せず。

ただ、中年教師の手で足首にまでショーツを下ろされて、「その瞬間」の差し迫りを認識した膣口がパクつきを強めて、漏れる蜜の濃さが極まる。

「さすがにまだケツ穴では無理だから、今日もこっちでな」

告げるが早いか陰唇に押し当たった、肉の傘。その雄々しさを二度、奥の奥まで味わわされている膣洞が堪らず蠢き、陰唇で亀頭を食《は》んだ。

「おぅっ」

腰押しこめる男の低い呻きと、

「ひっ、ぁはあああっ」

その男の手に腰を掴まれ、侵略者の再訪を受ける以外の選択肢を持たなかった女の嬌声が重なった。

「どうだ、念願のチンポは、美味いだろう。なぁ橘っ」

早速、パンパンと肉のぶつかる音が聞こえるくらいに激しく腰を振るいだした男が荒い息遣いの合間に問うてくる。

「あぁっ、あっひ、ぃあ、あああっ、あっ、あんっン……！」

待ちわびていた膣洞が、早々の強摩擦にも順応して悦び震えている。攪拌された蜜汁がまた卑しい音色と香りを撒き散らして、男のさらなる昂奮を誘ってしまっている。羞恥と悦、両方に押し上げられた嬌声の合間に堪らず素直な心情がこぼれ出る。

「は、いっ、先生の……大きくて、イイっ、とてもイイですっ」

呼吸が苦しくなるのも厭《いと》わず吐き連ねたのは、こびへつらう響きをふんだんに織り交ぜた淫語。平素であればとても口にできないそれを吐き出した瞬間に力強い突きが膣奥に見舞われたことで、また牝腰が芯から痺れて汗を噴く。

「ひぃあァァッ！」

桑原の逸物の長さがなければ届かない場所。それにより知ることになった最大の弱点を突き抉られて溢れた肉悦が、一気に意識を刈り取りにかかる。

続けざまの責めがなかったために踏みとどまれたのは、幸か不幸か。答えは、すぐに知れた。

「どういいんだ。ちゃんと説明しないと……」

「んひぃぃっ」

尋ねながら左手の指でクリトリスを摘まれ、汗の浮いた尻肉がビグリと跳ねたのもつかの間。前もって膣門からこぼれた蜜を搦め捕っておいた彼の指腹に優しく捏ね繰られ、グチュグチュという攪拌音と共に恍惚が身に染みてゆく。

（私好みの強さと弄り方……もう知られちゃってる……次は、きっと……っ）

予期した通り、クリトリスがたっぷりの蜜に濡れ馴染んだ頃合いを見計らい、指摩擦の速度と圧が増す。由比が自慰絶頂に己を導く目前に施しているのと寸分違わぬ勢いと、男ならではの力強さを伴ったそれは、「素直に媚びた」ことへの褒美に他ならない。

「どうイイのか、言わなきゃ手、止めちまうぞ?」

そして、桑原ならば言葉通り、それもわざと絶頂寸前のタイミングで停止しかねないことも身をもって理解できてしまっていたから。

肉厚ペニスを頬張る膣洞の求めに屈して喉元から迫り上がる言葉を、抑えることはできなかった。

ぐちゅ
ぷぷぴっ
あっ
んくっ…

「奥の方までみっちり詰まってるおちんちんにズリズリされるのが、はぁ、あっ、堪らないんですっ、あァ……どうしても我慢できなくてぇっ」

吐き散らしてすぅっとした矢先。胸の脇に初めて男の手指が添えられて、期待に疼かされた——それもつかの間。

再び腰元へ戻った両手に引き寄せられて、回転の速い肉棒ピストンが始まった。

「ああっひあああっんあああああっ」

前後に女体が揺れるのに合わせ、リズミカルに嬌声が迸る。

膣内の襞々が強《したた》かに扱かれたそばから喜悦に震え、逸物を放したくないとばかりに追いすがる。それが膣洞全体で見れば波のような収縮となって間断なく続き、少女の脳裏を早くも白一色に染め抜かんとする。

その一方で、テーブルに押し潰されさていた乳頭は摩擦刺激を甘受できていない。ただ歯痒さばかりを募らされ、堪らず今度こそ自発的な尻振りおねだりを敢行した。

「胸はまた今度。時間をかけてじっくり躾けてやる」

「え……あ……っ、やぁぁ」

冷たい返答に惑い、遅ればせながらの羞恥を感じ、絶望を噛み締める。そんなさなかにも、新たな恍惚はやってきた。

「今日はこっちをしっかりと、なっ」

　言葉よりも先に尻穴に宛てがわれた中年男の毛むくじゃらな右手人差し指が、一気に第二関節の部分まで腸内に潜る。

「ンひぃッ!!」

　突如の衝撃に由比が目を見開く中、当の肛門は挿入を予期していたかのように内部の温みと湿り気を増して、自ら呑み込むように収縮し指を受け入れていった。

「ははっ、これはすごいなッ、マ○コの中をチンコが出入りしているのがケツ穴の中から触ってわかるぞ」

　連動して膣が締まったことと、先の愛撫によりほぐれた肛門が指をたやすく咥えこんだことと。両方に気をよくした桑原の、両穴同時ピストンが始まった。

「ほら、どうだ橘。ケツ穴とマ○コ、両方から擦られるのは」

「だめっ！　それ感じ過ぎちゃっ、んひィィッ！」

　肉棒は相変わらず容赦なく、膣洞の奥まったところにある由比の一番気持ちい部位を的確に抉り上げてくる。

　肛門に潜った指は二穴を隔てる肉壁越しにペニスと存在を確かめ合ったかと思えば、穴全体をほぐすかのように捏ね掻き混ぜる動きに従事した。

すでに幾度も味わった生殖器での恍惚と、排泄穴に迸る初めての衝撃。双方が結託した結果、二乗以上に膨らんだ巨大な悦波が、加速度的に迫ってくる。

「ひッ！　先生ッ、お尻、ダメッ、抜いて……ッッ、怖い……怖いからぁ……っ」

「怖い？　何が怖いんだ？」

本能的に悟った女の懇願に、男の酷薄な響きが被さって。

「気持ちいいのがグチャグチャになって……おひりの感覚、わからなくなってぇっ」

さらにまた、ろれつの回らなくなった女の吐露が被さる。

「壊れちゃう……私のお尻壊れちゃいます……！」

終いには泣きじゃくりながら再懇願したにもかかわらず、肛門は指を、膣は逸物をきつく、そして嬉しげに咥えて離さなかった。

「心配するな。何もかもわからなくなるくらい、もっと掻き回してやるよ」

吠えた男の指が二本。先ほどまでの人差し指に中指も添える形で尻穴を穿ち、排泄穴を広げる勢いで掻き回す。最後に甘く甲高い鳴き声を聞かせたのと。

「ほら、さっきよりも多く指を入れても気持ちよさそうに締めつけてくるぞ？」

そうして二本の指と肉棒とで腹の中も頭の中もグチャグチャにしておきながら、今日もまた殺し文句を言い渡すのだ。

——それが、グチャグチャの脳裏によく染みると知っているから。

——それが、いよいよ猛々しさを増して吐精の意志を伝える逸物に追従したくて堪らない女体の、格好の逃げ道になるとわかっているから。

だから教え子の膣内を、滾り帯びた肉の棒は我が物顔で蹂躙し続ける。遠慮のない強さで膣壁を抉り、生の亀頭の形状を先走り汁ごと刻みつけていく。

「ひぐっ、うぁ、あっ……！　せんせっ、イッ、わたっ、ひっあああっ」

膣と腸、両穴で一突きごとに迸る悦波を浴びて、意識が白んでゆく。溜まり過ぎた熱が腰から快楽以外の感覚を奪い去っていくのが手に取るようにわかってしまった。

（くる……もう、イクぅ……！）

自慰絶頂よりも数段上、桑原との姦通でしか得ることのできない極上の瞬間の訪れを確信して、牝腰が躍る。快感以外の感覚を喪失した腰の内部で、膣襞がこぞって逸物を締めくすぐり。

「今日はケツの穴の中に注いでやるぞ、いいなっ」

中に出される。その一言に、当の肛門のみならず膣洞までもが引き攣れて、競うように高みへの階段を駆け上る。襞の敷き詰められた膣肉も、つるりとした腸肉も、各々咥えて放さない侵入者を目一杯に締め上げて、その瞬間の訪れを伝えた。

「ああ、あっあああああああああ……‼」

締めつけに抗い引き抜けていく指と逸物の、置き土産。摩擦によるダメ押しの恍惚に毒されて、今日もイキ果てた少女の嬌声が室内に轟く。

それを待っていたかのように、短く呻いた男の逸物が、まだ閉じきらずにいた排泄穴の口に押し突いて白濁の種汁をぶちまけた。

「ひっいいぃいっッッ‼」

そのヌルつき、熱、粘つき。初めて素肌で味わうすべてに蕩かされ、瞬時に二度目の高みに押し上げられてしまい。

締まることを忘れてパクつき通しの排泄穴に、密着した亀頭の吹きつける種汁が垂れ注ぐ。本来出口であるところから奥へ向かい垂れてゆく汁を、蠢動する腸が率先して啜り飲んでいる——。そう自覚した矢先に、三度目の大波。

「はァッああ！　あっあ……——ッッ……！」

恋しげにパクつく蜜壺から、たっぷりの汁と淫香を垂れ撒き。酸欠に陥りながら、肉棒に合わせて掲げたままの尻を打ち震わせて、掠れた声を張り上げた。

「癖になるだろ？　次もケツにたんまり注ぎこんでやる……！」

嬉しそうに丸眼鏡の奥からねめつけてくる眼が、今も絶頂の痙攣に見舞われている生尻に刺さっているのを感じる。

平素は恐怖の対象でしかなかったそれに炙られて、四度目の波を予感してしまう。

そんな自分が信じられなくて、けれど慰めてくれるコウは今ここにはいない。

(また、忘れられないこと……コウちゃんに言えないこと、増え、ちゃった……ごめん、ごめんなさいコウちゃん……)

結局唯一残されている逃げ道——四度目の悦びを、手繰り寄せずにいられなかった。

4

六月第三週の日曜日。甲子園の予選を兼ねる大会を翌月に控え、遠征や練習に追われていたコウと、この日は久々に朝から二人きりで過ごすことができた。

「由比、あの、さ。その……ケツ、怪我でもしてんのか?」

繁華街での昼食後に歩きがてら、コウがすまなさそうに切り出す。

ケツ。コウにしてみれば「お尻」と丁寧に言うのが照れ臭くて選んだだけの言葉だろうが、その響きは否応なく桑原による「ケツ穴ほじり」を連想させる。

「えっ⁉ う、ううん、なんともない……よ、どうして?」

由比は内心酷く動揺しながらも、懸命に平静を繕い、逆に問い返した。

「いや……なんか、ずっと腰の後ろに手置いて、気にしてる風だったから、さ。なんともないんならいいんだ。変なこと聞いてゴメン」

「ううん、心配してくれて嬉しいよ。ありがとね」

内心の動揺が、速まる動悸が、どうか声に滲んでいませんように――。願いながら発した言葉を、コウは疑うことなく受け止め、はにかんでいる。それがまた一層の罪悪感を呼んだ。

「俺のジョギングにチャリで付き合ったから、それでケツ痛めたのかなって」

「もう。だからお尻はなんともないってば」

照れ隠しに告げられた軽口に抗議することで平穏な気持ちを取り戻そうと努めると同時に、彼が日課としているジョギングに付き合って自転車で並走した今朝の記憶を掘り返す。

初夏でもまだ少し肌寒さの残っていた早朝。そよ風が肌に、澄んだ空気が肺に染みて、桑原の陵辱の痕跡を根こそぎ掠め取っていってくれそうな気がした。

しかし結局は、今も尻にまだ何かが挟まっているような違和感が残っている。

それでも桑原との密会によって沈みがちな中でコウと二人きりで過ごせたことは幸

いだったと思う。

(昔から変わらない、一生懸命頑張るコウちゃんの姿を朝からたくさん見れたもの。私の……一番大好きな、大事にしてきた時間なんだもの)

慣れ親しんだ彼との日常は幸せが溢れていて、その久方ぶりの穏やかな時間が改めて「この幸せを守るために頑張るんだ」との決意を固めさせてくれた。

「コウちゃんの方こそ疲れてない？　どこか疲労が溜まってるなら、腕でも足でもマッサージするよ？」

校内のみならず町中の期待を一身に浴びている中でも、その優しさ、前を向く姿勢は変わらない。そばにいて愚痴一つ聞いたことがない。

平日は放課後遅くまで練習、休日は遠征しての試合続きでよっぽど疲れているだろうに、小さな変調を見過ごさず気遣ってくれる。

(優しくて頑張り屋で、私にとって常に目標で)

そんな恋人の疲れを、少しでも取ってあげたい一心で学んだ指圧術。その腕前は部でも評判で、由比のちょっとした自慢でもあった。

「サンキュ。んじゃ、後でお願いするわ」

幾度も体験して腕前を知っているコウが受け入れてくれたこと。加えて屈託なく笑んでくれたことで二重の喜びを覚え、少女の顔にも柔らかで自然な笑顔が浮かぶ。

おかげでつかの間ではあったものの尻の違和感を忘れられ、コウのことで胸を一杯にすることも叶った。

(プロ野球選手になって、大リーガーにもなる。おっきな夢を持ってるコウちゃんにとって、今はすごく大事な時期だもの)

コウだって人の子だ。途方もない夢に向かう中で、表向きは平気そうな顔をしていても人知れず重圧と戦っていることを、幼馴染である少女が誰より知っていた。

(だからこそ、私が重荷になっちゃいけない)

定位置となって久しい彼の左側。利き腕ではない方の逞しい上腕を、顔を伏せるようにして掴む。この幸せを守るため。そしてコウの夢を守るためなら、なんだってできる。この時は確かに、そう思えていた。

ジョギング後には今流行りのラブコメ映画を観て、昼食に入ったファミレスでは互いに好物を食べた。『大会前の最後の贅沢』。そう言ってハンバーグを頬張った彼は、やっぱり幼き頃から変わらず由比の大好きな屈託のない笑顔だった。

半日ですでに胸一杯に溢れた幸せが、日暮れに別れるまでの残り数時間でどこまで膨張してくれるのか。想像するだけでまた、幸せな笑みがこぼれる。

「やっぱ、いいなぁ」

「え？」

「なんか肩の力が抜けた時とか、日頃のなんでもない時にふっと見せるお前の笑顔がさ。あったかいっていうか……好きでさ、それで惚れたんだなって。今改めて思った」

――気持ちをストレートに表すのも、昔から。

それに面食らい照れさせられた記憶も、挙げればきりがない。

「そ、そういうことは人前で言っちゃ駄目っ」

野球をするための右腕ではなく、左腕に飛びつく。長く親しみ馴染んだ居場所に顔を埋めながら、人前で泣きだしかけたのを誤魔化した。

泣きたいくらい嬉しくなったのは、告白を受けて晴れて恋人関係になった時、初めて結ばれた時に続いて三度目。だから今日も大切な幸せの記憶として、ずっと覚えていられるに違いない。

「わりぃ」

ニカッと笑って詫びる彼は、「ケツ」の話を切り出した時のように申し訳なさげでもなければ、その気遣いの礼を受けた際のように照れてもいない。

目を逸らさず真摯に向き合ってくれるがゆえの彼の素直な気持ちが、これでもかと伝わってきた。

「……ううん。素直なのがコウちゃんのいいところだと思う」

こっちだけ照れさせられるのはずるいなぁ――。

しみじみ思いつつ、少女はこの幸せを守り通すことを改めて誓った。

5

コウとの久方ぶりのデートから帰宅した、その日の就寝前。

二十分ほど前、入浴を済ませて自室に戻り、半袖Tシャツに短パンという部屋着姿でベッドに寝転がった時点では確かに由比自身、今日一日の幸せな記憶を胸に敷き詰めたまま深い眠りにつけると思えていた。――けれど、実際は。

「は、ぁあ……っ」

横になって早々短パンをずり下げ、股間にじかに手を這わさずにいられなかった。

疼きを発してやまない股の割れ目に指で触れた際、想像以上の熱っぽさに我がことながら驚いた瞬間、脳裏に浮かんだのは三時間前の出来事。コウと、彼の部屋で久しぶりに肌を重ねて愛を確かめた時の記憶だ。

『由比、好きだよ、由比……っ』

いつものように正常位で繋がったコウが行為の終盤、感極まった表情で見つめながら名を呼んでくれた。その声の上ずりようからも明らかな限界の差し迫りを、忙しく膣内を往来し続ける彼の性器からも感じ取ることができた。

『由比っ、俺もうっ』

とうとう彼が声に出してその時を告げ、思いきり腰を押し進めて膣壁を抉った、その瞬間、

『やっ、ンあぁ……！』

確かに甘露な痺れは生じ、蕩け声を上げはした。でも。

(違う、そこじゃないの。もっと、奥――！)

大好きな彼の性器は行為中一度も、最も気持ちいい膣の奥壁を擦ってくれなかった。

(でも、コウちゃんは一生懸命腰を振って、頑張ってくれてる。だから、私が、気持ちよくなれない私の方が、悪いんだ)

必死な彼の姿を見つめていると、罪悪感ばかりが募りゆき、余計に性交に集中できなくなった、そんな悪循環にも陥った結果。桑原との性交ではもはや当たり前と化している高み――絶頂へと導かれることは終《つい》ぞなく。

『大会始まったら、さすがにできないし。ちょっと張りきり過ぎちゃったか？』

事後、そう言って照れながら気遣ってくれた彼に対し、照れ俯いたふりで誤魔化している自分。

（思い出すだけで、嫌になる……！）

せっかくのデートの最後に、桑原との密通の影響が出てしまったことも。

それを上手く誤魔化せてしまえたことも。

コウを裏切ることに対応できてしまったことが、何より悔しく、恥ずかしい。

「ン……ッ、ぁ……は、ぁぁ」

自己嫌悪に憑かれつつほじった尻の穴は、喜色にまみれて浅ましく窄む。指をたやすく呑んだ穴の内部は温く、すでにジットリとした湿り気に覆われていた。

「……ふぅ、ぁ……っン……んぅ……や、ぁぁ」

排泄のための穴に呑まれたのは、右手の人差し指と中指。桑原に穿られる際と同じ二本だったが、指の太さの違いから物足らなさが腰のくねりとなって表れる。

（もっと、奥まで？　強く……？　違う、もっと速く……）

最初は恐る恐る様子見といった感じで緩慢だった指の動きが、中年教師のやり口を思い返しながら試行を繰り返すうちに、忙しない抜き差しに進化する。

「ふ、ぅっ！　はぁ、あっぁは……っあぁ！　もっ、と……ぉっ」

それでも、桑原先生の与える快楽には届かない。彼の太くて毛むくじゃらの指でなければならないのだと思い知らされるばかりで――。

「……どぅ、して……っ」

数刻前、終始正常位で事におよび尻穴には目もくれなかったコウ。性行為中、結局一度も尻穴に触れられることはなかった。

本来は彼の方が「当たり前」なのに、疑問符を突きつけずにいられない。

(私の方からお願いしたら……。無理、言えない……嫌われたく、ない……)

事後、恋人の鍛え抜かれた腕と胸に抱かれて幸せに眠ったかつての自分にはもう戻れないのだ。

目一杯指を突き入れて尻穴をほじり、もう一方の手では尻濡れたクリトリスを扱き、二重の悦波に蕩けながら、思い知る。

「あぁ、はあっあぁ、イイ……ィッ」

右手も、左手も桑原に教わったやり方こそ最適と理解して、嬉々と従事してしまっている。まだ彼の施しを一度も受けていない双乳首が、来たるべき日に期待して勃起してしまっている。

(先生に教わる前は、お股と、胸ばかり弄ってたのに……)

今は乳首をいくら弄っても、物足りなさが募るばかりだ。

(胸は、どう弄るのが一番気持ちいいんだろう)

桑原先生ならきっと、もっとずっと良くしてくれる。一番気持ちよくなれる方法を教えてくれる。

変えられることへの恐怖は鳴りを潜め、期待ばかりが膨らむ現状から、目を背けることすらもう叶いそうにない。

「ダメ。そう、じゃない、の……コウちゃんッッ」

強引に妄想内容を切り替えてコウとの性交を思い返すも、都度物足らなさに襲われて尻の穴と蜜の壺、両穴をほじる手指の速度が上がってゆく。

(あ……来る。イ……くぅ)

グチュグチュと卑しい攪拌音が、両の穴から競って鳴り響き。恋人との性交では終ぞなかった瞬間の訪れを、狂おしい疼きという形で伝えられた牝腰が弾む。

いつしかベッドに四つん這いとなり、居もしない相手に媚びるように尻を振り。

「イイッ、ク、イッ……~~~ッッ!!」

巨大な悦の波をかぶりながらも、これではまだ足らない、あのペニスで奥の気持ちいいところを擦り上げられたいと、考えてしまう。それゆえに。

「せん、せぇぇぇっ……」

発した声は、哀切と媚びにまみれていた。

(せん……せい……？　なんで、私……あの人のことなんか。私の恋人はコウちゃんだよ？　優しくて頼りがいがあって、尊敬、でき……て……)

呼ぶべきでない男の名を口にした後悔がすぐ訪れ、唇を噛み、歯を食い縛るも——その男の手管を踏襲することでしか得られなかった絶頂の味を反芻することを、やめられないでいる。

(私。わた、し……)

コウちゃんのことが、好き。

当たり前のことが、気だるい悦の余韻の只中に、強い罪悪感と共に突き刺さった。

第三章　全穴制覇

1

七月最初の日曜日。

「どの写真も高梨と二人、仲良さそうに写っとるなぁ」

午後二時過ぎに由比の部屋を訪れた桑原は、壁のコルクボードに貼られた写真の数々に目を通していた。

「この写真立ての中のやつが一番古そうだな」

室内に飾ってある中では最も古い一枚が収まる写真立て。ベッド枕元に置いてあったそれを眺める名目で、桑原が距離を詰めてくる。

部屋の主である少女は、タンクトップに短パンという布面積の少ない格好でベッドに腰かけたまま怖気に身じろぎすることしかできなかった。

「夢追う二人の成長記ってところだな」

当たり障りのない話をしているようでいて、写真を見る目つきが生徒指導室で密会する時と同様イヤらしい。過去の自分まで犯されているようで怖気は増す一方だ。

「さてと」

ついに丸眼鏡の奥で細められた眼が振り向いて、ベッドの上に腰かけうなだれている由比をねめつけた。蛇に睨まれた蛙がごとく、身が強張り、捕食されるのを待つことしかできなくなる。

(先生が私のうちに……とうとう学校の中でだけじゃなくなっちゃった。……今日は、ここで……私の、部屋で……)

置かれた状況から当たり前に導き出される予測に、沈痛な面持ちを禁じ得ない。それを見咎《みとが》められるのが嫌で、牡の気配が間近に迫っても顔を上げられなかった。

露出度の高い格好をつま先から順に舐るように視姦されて、怖気が奔る。

立っている桑原からは胸の谷間も見放題なはずだ。ノーブラなために、ふとした拍子に乳首が浮き立たないか気が気でなく、かといってもじつけば豊かに実った双乳が揺れてもしまう。

脇を見られるのも、恥ずかしくて堪らなかった。

短パンから伸びる肉付きの良い生足には特に執拗な視線を感じる。中でも、むっちりと張った太腿には何度も好色な視線が往復していた。

「ブラも着けないで普段からこんな格好で過ごしてるのか？　やっぱり橘はドスケベだなァ」

（指示されたからって、こんな薄着で出迎えるんじゃなかった）

いつものイヤらしいニタつきと、ねちっこい口ぶりに辱められるにつけ、後悔が滲む。

『手持ちの中で一番の薄着で出迎えろ。でないと、一日中裸で過ごさせる』

面と向かって恫喝した桑原の声質と目の据わり方が本気度を物語っていて、とても撥ねつけられなかったのだ。

（旅行に、ついて行っていれば……）

『親が留守の日はあるか？』

前もって尋ねられ、その日は必ず一人で家にいろと念を押されていた。

（そうしないと、隠し撮りされたコウちゃんとの写真をばら撒くって……）

それを持ち出されては、抗えるはずもない。

そして両親が旅行で留守の今日、桑原はやってきた。

「くくっ、ちゃんと抱かれる準備ができている橘の期待に応えて、今日は丸一日、気持ちよくしまくってやるからな」

タンクトップの胸元から覗く二つの丘陵。窮屈そうに押しこまれたその間に深く刻まれた谷間を見つめ、男がほくそ笑む。

「……ッ！」

舌舐めずりしながらの宣言にドキリとさせられた少女の両胸。タンクトップの首襟元から覗くその上弦部と谷間に、また汗が浮く。今度は自慰の際や性交の際と同質の、火照り帯びた汗。

『胸はまた今度。時間をかけてじっくり躾けてやる』

半月前にそう言ったきり、未だにじかに触れられないでいる、胸。

——今日こそはその膨らみを、乳首を弄ってもらえるかもしれない。

（……ッ、な、なに考えてるの。そうじゃない。そんなこと、駄目に決まってるじゃない）

過去最長の肉悦時間に晒される今日、初めから期待に傾いていては、とても耐えられない。想像もつかないところまで堕ちてしまうのではないか、との恐怖から逃れ得ないでいる。

なのに警鐘を鳴らしたかった当人の思惑を裏切って、女体は今日も浅はかな反応を示してしまった。

お預けを食らい続けていた部位、左右の乳首が触れてもないうちから尖り勃とうとしていたのだ。せっつくように速まった心臓の鼓動もまた、否応なしに血液を身体の隅々へ期待の火照りと共に行き渡らせてしまう。

「明日からいよいよ、甲子園出場をかけた地区大会が始まるな。うちの野球部の初戦は火曜、明後日だっけか？」

さも今思い出したと言わんばかりの白々しい言い草だった。

(コウ、ちゃん……っ)

そんな中年教師の思惑通り、グラウンドに立つ恋人の姿を想起し、不貞を犯す自覚を新たにさせられる。苦悩に歪んだ顔を幾度となく振り、ポニーテールを靡かせる。そうしてうなだれた教え子の涙ぐむ瞳を、わざわざ真下から覗きこみ。

「お前がそんな顔見せるから、もうギンギンだ」

男は、満面の笑みで告げた。

2

ベッドに腰かけた桑原の膝の上に座るよう促されて従った、その直後。期待した胸への愛撫が、期待を裏切らぬネチッこさで始まった。

「まずは、どう触って欲しい？　優しくか、それとも思いっきり激しいのが好みか？」

背後から回した右手で右乳をタンクトップごと掬い上げ、手中に収まりきらないその重みを弄ぶように弾ませながら問うてくる。

（どう、されたい……って、それは……）

強く。でもネチネチと長くたくさん虐めても欲しい。

内なる願いは、俯きながら潤んだ瞳と、火照り孕んだ肌ににじみ出ている。

「い、言えません……っ」

それでもコウへの操《みさお》を立てる口唇は躊躇いを発した。

きっとこうなることも織りこみ済みだったのだろう。

「こうか……？」

桑原の左手指がタンクトップに這い上り、乳首の周囲を回りだす。

「やっ、あ……ッん……」

乳輪に触れるか触れないかの絶妙な位置で回り続ける指の目的は明らかだ。思惑通りに焦らされた左の乳頭が、一層充血して尖り勃っていく。「私はここよ」と言わんばかりにタンクトップにポチリと浮いた二つの尖点を見下ろしながら、男が笑う。

「相変わらず身体は素直だな橘。でかいくせに感度抜群じゃないか」

言うが早いか、再び今度は両手で左右それぞれの乳房を下から掬い持ち。

「ぁ、はぁ……っ」

期待に押し出された呼気が短い喘ぎとなって由比の唇より漏れたのを合図に、優しく、捏ねほぐすような揉み込みが始まった。

「自分で慰める時はもっと強く揉んでるのか？　乳肉がひしゃげるくらい力を込めてやろうか。どうなんだ、えぇ？」

先の「どう触って欲しい」との問いかけと大差ない言葉への抵抗感は、膨張し続ける焦がれに埋没し、歯止めの役目を果たさなかった。

「やっ、い、痛くしないで……。ァ……あ、の……っ。じ、ぶんで……アッ、する時はッ、ンッ……乳首っ、あァ……乳首ばかり、弄ってます……」

素直に白状すれば、乳首への愛撫を早々に施してもらえるのではないか。浅はかながら切実さを増し続ける想いの吐露は、実を結ばず、

「乳首か。確かにこれは、弄り過ぎて肥大気味かもしれんな」

汗が染みて張りつくタンクトップを透かすように舐めつける男の嘲笑のみが与えられる。屈辱を覚える間もなく、タンクトップごと乳肉を捏ねる手に圧が加わった。

「んッッ！」

何本もの太い指が食い入り歪《いびつ》にひしゃげた乳房に、痛みを凌駕《りょうが》する被虐的な恍惚が充満する。

「あッ！　んッ、ンンアッ！」

繰り返し絞られるたび、痺れるような疼きが乳房に敷き詰められてゆき、促されるがまま乳頭が目一杯に隆起する。

そこを、すかさず桑原の指腹に押さえられた。乳腺の奥から噴き出さんとしていた快感の塊が、タンクトップに浮き勃つほどとなっていた乳頭ごと乳房内に押し戻されていく。左右とも太い指で栓をされた状態となり、一転、乳首に触られずにいた時の幾十倍もの焦燥に支配された。

「やっああ、な、んでっ――」

やっと胸でも目一杯気持ちよくなれると思ったのに、どうして。

溜まりに溜まった恍惚を乳房だけが体現し得ない状況に追いやられ、涙ぐんだ眼で元凶たる指を見下ろした直後、

「やっ、あ……!?」

それは唐突に訪れた。

乳首から手が離れた――そう認識した次の瞬間には支えを失った身体が後方に倒れていた。見慣れた自室の天井を目にし、背に当たるシーツの感触を認識して「ベッドに寝転がされたんだ」と理解する。その時にはすでに、身体ごと正面に移動してきた中年教師の手によってタンクトップが捲り上げられていた。

結果、快感を堰き止める指が離れた解放感を味わうさなかに丸出しとなった乳肌が、溜まりに溜まった淫猥な熱を、汗と共に一斉放散する。

(嫌。ダメ。怖い――)

ひっきりなしに暴れる心音に呼吸を乱されながら、思い浮かんだのが負の言葉だけだったのとは対照的に――怯えと羞恥と期待の混濁した複雑な心情そのままの涙目で、乳房に迫りくる脂顔を注視する。

そして。

「あッ! あぁあっ」

煙草の匂いのする口中に呑まれた乳頭が、舐りつける舌の上で跳ね弾む。

卑しい啜りを響かせて吸着した上下の唇に甘噛《あまが》みされて、乳頭は慄きつつも思う様恍惚を体現した。

同時に、今日はお預けを食らう側となった股肉が自ずともじついて、無言の訴えを始める。

「んッ、は、ぁ……あっあああっ」

窄めた口唇に強く吸い立てられるたび、伸びきった乳首がジンと痺れ。唾液たっぷりの舌に舐り転がされるたび、甘い痺れが乳頭から乳の内部に突き抜けていった。

「イッ――」

イイ、おっぱい、気持ちいい――。よっぽど吐き出したかった素直な想いは、不意に脳裏によぎった恋人の姿に遮られ、すんでのところで喉元を下っていった、けれど、桑原が鼻を鳴らして汗の匂いを嗅いでいる。そう気づいても、身を離そうという発想が湧いてこない。

「ふぁ　ぁッ！　はぁ、あっ、あああ」

乳首が伸びきる勢いで吸い立てられては被虐の悦に溺れる。舌先で乳頭を弾くように弄ばれては、甘い声を上げさせられる。

(だって、気持ちいい……先生に口と舌でされるの、すごくイイ……ッ！)

近頃は自身の指で弄っても物足りなさを覚えるばかりだった乳房が、今は止め処ない快楽にまみれている。

肉厚の舌と唇は、刺激を与え過ぎたと見るや緩慢に転じ、焦らしきったと見るやネチネチと責め扱いてくる。中年教師の技巧への対応に追われ、恍惚と焦がれを延々味わわされる中で、不貞を犯しているという罪悪感は徐々に脇に追いやられていった。

　そんな折を狙い打つかのように、

「橘、お前は天性のドスケベだ。ま、こんなイヤらしい身体に育ったんじゃ仕方がないかもしれんがなぁ」

　一度唇を離し、よだれを啜った桑原が嬉々として告げた。

「ちがっ、あっ、はああっあああっ」

口でいくら否定しても、正直な身体がもう認めてしまっている。刺激を欲してやまない乳首と、股肉の疼きに耐えかねる中で中年教師の言葉の正しさを思い知った。

「はぁッあっあぁあぁッ」

　唾で濡れ光る右の乳輪を、左手人差し指で円を描くように摺り愛でられる。焦れったいその動き、徐々に乳頭へと近づいてくる指先を、涙ぐんだ瞳で注視せずにはいられない。

　程なく期待通りに乳頭を摺り捏ねられた。それと同時にまだ触れられてもない股肉がショーツの裏地に蜜を染み漏らす。

（嘘、胸だけで私……）

限界まで勃起した胸先より注ぐ淫熱が腰にも飛び火して、悦の高みを手繰り寄せんとしている。確かな予感は間髪を入れず乳を吸いに戻ってきた中年教師の唇、それがもたらす甘美な衝動によって急膨張した。

「乳首と股、どっちがいい？」

そんな矢先に男が問いかける。

「はぁ、あッあぁ……りょぉ……ほう……」

胸の先から内側へ突き刺さるように響く恍惚も、ひとりでに疼き強める陰唇から蜜と共にジワジワ染み出てくる悦びも。どちらもなお欲してやまぬものだったから。

「声が小さい！」

「両方っ、乳首もお股もっ、どっちもイイですっ」

恫喝されたことを言い訳にして、思ったままを叫び吐き出す。

「ケツでも感じちまう淫乱だから仕方ないわな。ほれ、ついでに白状しちまえ」

今日はまだ弄ってもらえていない穴が、名指しされただけで熱を纏い、蠢いた。

肉の悦びに張り裂けんばかりとなっている右乳頭を、彼の左手指が挟み捏ねた。それに伴い迸る痛切な欲求に、抗えなかった。

「は、いッ、私……っ、お尻……ケツでも感じる、淫乱っ、です……！」

さらなる褒美を期待し、舌が先走る。

「よしよし。よく言った。マ◯コもケツ穴も、この後たんまりほじって鳴かせてやるからな。だがまずは乳だ」

強く吸われた右乳首がジンと痺れる中、改めて舌に優しく舐り転がされ。

抓り上げられた痛みに喘いだ左乳首が、今日初めて吸われ、執拗に舐り愛でられる。

「ひっ！　あぁっ！　んぅ！　ふぁっあぁぁ」

痛みの後の刺激は何倍にも感じられる——また新たな性知識が、切羽詰まった悦波と共に心身を揺さぶった。

「ひあッ、ぁンンッ、せん、せぇぇっ」

いつしかくねり通しの腰の芯が、いよいよ心地のよい限界を訴えて痙攣し始める。

堪らず蕩け開き、よだれをこぼした口唇が名を——絶頂へと導いてくれる男の名を呼んだ。

（あ……！　くる——気持ちいいの、くるっ、きちゃう……！）

吸いついたまま彼の唇がニタリと笑ったと認識した直後に、鋭い衝撃が右乳首に突き刺さる。

「イッ！　ああ……！」

歯形が残るほど強く噛まれた乳輪に行き渡る痛みに呻きながら、じき去来するであろう多大な快感に期待する。

『イケ、橘』

丸眼鏡の奥の眼がそう告げている。確信を得て思わず少女が涙をこぼした、その瞬間。歯形のついた乳輪を舐り癒した舌が、乳頭をくるんでそのまま吸い絞る。窄めた口唇にも吸い絞られた乳頭から、腰の芯へと悦波が逆流し——。

「ひッッ!! ～～～～ッッ!!」

引き攣り過ぎた結果、声にならなかった嬌声。その惨めで浅ましい響きに伴われ、少女の身にまた初めての、乳首イキの記憶が刻まれる。

乳に起因した痙攣は瞬く間に全身へと波及し、特に呼応した腰が反りつつショーツの裏地に蜜を吐きつけた。

——ぢゅずぅっ!

「んぁあああっ」

二度目の絶頂を促す乳首啜りの振動。覚えたての快感に病みつきの女体は嬉々と受け入れて、あえなく達した牝腰が再度ベッドの上で縦に大きく跳ねる。

「ひィッ! あッッ! あぁぁ、～～～ッッ!」

二度、三度、繰り返し腰が跳ねるにつれ、蜜に濡れそぼつショーツから匂う淫香が撒き散らされてゆく。それを掻き回すようにまた、腰がくねり。短パン越しに秘唇を押しこむ彼の右手指に、ホカホカの蜜が吹きつけるのを実感し。

その指の往来が速まるほどに、期待に憑かれた秘唇が疼いていった。

「ココも、たっぷり舐め啜ってやるからな」

宣言した彼の手で、短パンと、濡れて張りつくショーツとが一気にずり下げられ、秘唇を露出させられる。

「あぁ……っ」

剥き出しとなった陰唇が外気にくすぐられて、嬉々とヒクつく。その都度、新たに染み出た蜜がより濃い淫臭を振り撒いた。

期待しているのがバレバレの有様を、なけなしの理性が恥じさせたのは、ほんの一瞬だけ。二度の絶頂に飽き足らぬ肉壺の疼きに急き立てられるがまま、ただ媚びるような視線のみを、股先に移動した男に振り向けてしまう。

とうとう足首からも脱げ落ちた下着と短パンが揃ってベッド下に転落し、力強い大人の手に両脚を開かされた瞬間には胸の高鳴りを抑えられなかった。

（先生の顔が私のお股のすぐ、先……に……舐められちゃう。お股も……さっきまでの胸と同じ、ように……？）

まだ生々しく残る歯形と共に右胸に刻まれた快感の記憶。未だぶり返し続けている絶頂の余波。徐々に小さく収まりゆくそれへの渇望。何もかもが想像を焚きつける。

蠢動を強め待ちわびている陰唇が、毛むくじゃらの手指によって左右に割り拡げられた。その奥から染み溢れた蜜の淫臭が一層男女の鼻腔をくすぐり、情欲の糧となる。

「……ダメ、今は汚ぃ……」

散々蜜漏らしただらしのない穴を、今から舐り回されるんだ——イヤらしい想像に伴う羞恥は、程なく訪れた喜悦の波に押し流されてしまった。

「あっ、あァッ！」

まるで挨拶を交わすように、中年の口唇と、少女の秘唇がキスをした。すぐさま桑原がクンクンと匂いを嗅いでくる。そのくすぐったさに、秘唇に溢れた切なさがブレンドされて襲来し、堪らず少女の顎《あご》が反る。続けて牝腰をよじろうとするも、両足をベッドに押さえつける男の手が許してくれない。

結局、またしても焦がれを身の内に溜めこむことになった。

（あァ、早く、お願いッ……。して……もっとたくさん……舐めて欲しい……のに）

焦らされた後には必ず多大な快楽を与えてもらえる。身をもって知っているがゆえに、膣に溢れる蜜は止め処なく。

「まるで蜜の泉だな。次から次へとイヤらしい汁が溢れてくるぞ」

侮蔑のこもった言葉を投げかけた直後に再び吸いついてきた口唇と、唾まみれの舌先。それらがもたらす恍惚に、あえなく蕩かされた。

「あっ、くぅアァァッ、ンンあッ！」

淡い陰毛を鼻息でくすぐられる。併せて秘唇を舐り上げられ、溢れたそばから蜜汁が啜り飲まれていった。卑しく啜る音色と、伴う小刻みな振動に誘われて、腰の芯が切々と疼きを溜めてゆく。

（先生のベロと唇、すごい……ッ、ねぶられるそばからお股、熱く……ウズウズも強くなってぇっ、あ、あ……っ、気持ち……イイ……よぉ……！）

指で拡げられた秘唇の内側、サーモンピンクの粘膜がじかに舐り回され、嬉々と蠕動する。これ幸いと彼の舌先が膣内にズブズブ、我が物顔で侵攻を果たす。

「あはァァッッ！」

喜び勇んですがりついたそばから膣襞が舐り転がされ、身体の内より迸る恍惚の波をより痛切に感じた。

溢れ返った蜜は間髪を入れずに啜り飲まれ、代わりにネトつく唾を塗りつけられる。

身体の内部にまで不貞の証拠を刻まれている。屈辱的な状況を意識すればするほど、より大きな悦の波に見舞われた牝腰が震え跳ねる。

「だ、あァッ、だめぇっ、出ちゃうぅぅっ」

とうに隆起しきったクリトリスに続けとばかりに再勃起した乳頭を、左右とも無意識に自らの手で摘まみ捏ねる中で口走る。

腰に奔る尿意に酷似した切迫感と、背筋を駆け上る尿意にはあり得ない期待感。二重の求めに応じて迫り来るそれの正体を知る由もなく、ただひたすらに痙攣を強めゆく己が股間と、そこに鼻先を埋めて愛撫に没頭する男の、小皺の寄った額を凝視した。

「ぢゅずっ、ぢううぅっ、れぢゅ、ぶぢゅううぅっ」

淫熱に火照って汗浮かべた少女の両腿を太い腕で捕まえて、クリトリスを鼻先で押すように捏ね潰した彼の、舌と唇がなお躍る。

ジンと痺れたクリトリスをも舐り回し、唾の染みたそこを吸って伸ばして、最後には唇で甘噛みまでされた結果。

「ひぃあッ！　ンッ！　あッあァ！　ぁひッ――」

イク。出る――。告げたかった言葉の代わりに腰元から突き上がる痛切な衝動。放尿に似て非なる恍惚の瞬間に備え、腰がベッドシーツを離れ、浮く。

『出せ。出しちまえ橘』

また、眼鏡の奥の細目がそう煽っている気がしてならない。

直後に割れ目を舐る舌が下降し、尻の穴に接近した。それだけで期待した肛門が引き締まり、連動した尿道と、膣洞も同時に引き攣り絞まる。

素早く割れ目を舐り上がった舌先にクリトリスが弾かれ、次いですぐさま口唇へと咥えられ啜り扱かれる。それが最後の引き金となった。

「出ちゃ、あっあああ！　ンッ、あああああああッッ!!」

瞬く間に全身へと波及した痙攣に乗って、反り返り浮いた腰に溜めこまれ続けた悦波が爆発する。悶えながら開いた膣口からは半透明の汁が弧を描いて迸り、数秒遅れで尿道が飛ばした黄ばんだ汁が後を追う。

「ひやぁっ、やあああっ、ああああああっ！」

失禁を目の当たりにし、さすがに羞恥に憑かれた手で股間を押さえ隠そうとするも、叶わない。下肢が反ったことによりベッドに押しつけられる格好となった上体の胸元、尖り勃ち感度最高潮の両乳首を自ずと抓り上げている指先を離すことができなかった。

やはり放尿時に酷似した解放感と、絶頂の至福が一気呵成に股間を直撃し続ける。初経験の多幸感に引きずりこまれながら、股の三穴が連動して痙攣し、うち二つの穴から迸る汁が間近の中年教師の顔に的中し飛び散る様を見届ける。

(先生の顔、汚し……ちゃった。お漏らし、しちゃ……った……ぁぁ)

粗相に伴う羞恥と、報復されるのではとの恐怖。そして常に上の立場であり続ける桑原の顔に尿をひっかけ、一矢報いた気分にも陥りながら、寄せ返してきた絶頂の大波に浸かり、尿道と膣の汁をひり出しきるべく下腹部を力ませた。

「……潮を吹くのは初めてか？」

さすがに尿までかけられるのは想定外だったのか、呆然《ぼうぜん》とした顔から紡がれた問いかけにも、頷くことでしか対応できなかった。

(さっき、おしっこと一緒に出たあれ、潮……っていうんだ)

また初めての知識が、至福と共に染む。

「ションベンまで漏らすとはな」

ぼやきつつ口元に垂れてきた潮と尿の混合液を舐り飲んだ彼の顔には、喜色が浮かんでいる。叱られることはないと理解して安堵するのと同時に、渇望に喘いだ乳首が「次は私の番」と疼きだし、とっさに抓る己が指に力を込めねばならなかった。それでも、収まる気配は微塵《みじん》もない。

「シャワーを浴びるから案内しろ。粗相した責任を取って、顔だけじゃなく全身、お前に綺麗にしてもらうからな」

ニタリと笑んだ男の言葉にときめき、胸は疼きを強め、絶頂さなかの秘唇が締まって残り汁をひり噴いた。

またも顔に散った飛沫《しぶき》を指で掬い、舐り飲んで改めて男が笑う。

枕元の目覚まし時計が示す時刻は、午後三時を回ったばかり。

(明日の朝まで、まだ半日以上……)

桑原を玄関先で出迎えた際には恐怖でしかなかった長い一日に、今はこの上ない期待が滲んでいる。

切々と疼く女陰を満たし鎮めてくれるはずの男を、目で追わずにいられなかった。

3

「それじゃ、まずは手で洗ってもらおうか」

あっという間に全裸となり、浴室の椅子に腰を下ろした桑原が言う。

ビール腹の直下で屹立する黒ずんだ肉筒が、嫌でも目に留まり。

(……やっぱり、コウちゃんのより、大……きい。それにすごくイヤらしい形、して

る。黒くて使いこまれた感じ……も）

——堪らない。嘘偽りのない感想が、遅れて入室した全裸娘の股間を疼かせた。

また蜜が膣奥から染み出すのを実感して恥じ入りつつ、コウのよりもふくよかな背中のすぐ後ろへ、隠れるように身を屈める。

「ほれ、手を出せ」

促されて渋々伸ばし差し出した手のひらに、彼の持つボディソープのボトルヘッドから乳白色液が注がれた。

「よく泡立ててからチンポを握れ」

両手で揉むようにしたソープが泡立ち始める。伴うクチュクチュという音色が先刻のクンニリングスの衝撃を思い出させ、早くも乳頭が再隆起し始めていた。

「……っ！」

生唾を飲みながら、意を決して右手指を陰茎の切っ先に絡める。

（熱、い……）

内包する滾りを誇示する肉棒の、想像以上の熱さにまず驚かされた。次いで、そこがすでにヌルついていることにも驚き、気づけば指先でヌルつきの出処《でどころ》を探っていた。

程なく指先が亀頭中央に行きつき、そこの縦の割れ目からヌルつきが染み出ていると知る。ヌルつきごと、割れ目を手のひらで包み。

「お……っ」

カリの裏を握るように指を絡めた瞬間、桑原が上ずった声を響かせる。

「……っ、す、すみませんっ」

驚かせてしまった、痛がらせてしまった。そう直感して謝罪したのだが、

「いや、いい。そのまま続けろ、ただし、敏感な場所だから、先走り汁とソープを絡ませながら丁寧に扱けよ」

男は続行を指示し、長く、陶酔染みた息を吐きこぼす。

(気持ちよくて、ビクッてしちゃったんだ。先生も。男の人も、そう……なるんだ)

いつも責め立てるばかりの彼を、快楽に引きずりこむ機会を得たのだと理解し、いつもとはどこか違う高揚に身が焦がれるのを自覚した。

(おちんちんのお汁とソープ、絡ませながら……優しく、丁寧に……)

胸の内で復唱しつつ、傷つけぬよう細心の注意を払う。それが亀頭の形状を細部まで手のひらに覚えこませることにも繋がった。

最初はとにかく、先走り汁にヌルつく亀頭部の洗浄に終始した。つるりとしたカリの表面に滑らせた指で、ソープを塗りつけてから改めて丹念に、隙間なく磨いてゆく。

「おっ、ぉお……」

その都度、桑原の口から喜悦が漏れる。手中の肉棒も見る間に硬度と鼓動を強めていった。

(私の手で、悦んでるんだ)

実感を得るほど、手淫に励む手つきが大胆になっていく。

カリの下の窪みや、カリ裏の筋ばった部分。汚れが堪りやすいように思える部位を見つけては、特に念入りに指の腹で磨き、逸物の嬉々とした鼓動を引き出していった。

(もっと、情けなく喘いでみせて)

いつも私が、そうさせられているように——。初めて加虐の熱に囚われたせいもある。そして生来の世話好きな性分が、悪い形で出た結果でもあった。

兎《と》にも角《かく》にも没頭した少女の指先がカリ首を扱き上げ、握り締められた肉棒の幹がまた先走り汁を出すための脈を響かせた。

それを掬い取ってなお滑りを良くしようと、細指が走りかけた矢先。

「ふふ、チンポ扱いて乳首勃たせてるお前はやっぱり筋金入りのスケベだよ」

思いもかけぬ指摘が飛ぶ。その声音が余裕をたっぷり含んでいて、驚き固まる、その一瞬の隙を突かれる形で手首を握られた。

「……っ！　あ……っ⁉」

手淫に熱中するあまり両乳が彼の背に乗り擦りつく格好となっていたことに気が回らず、両乳首の尖りで彼の背をくすぐっていたことにも気づけなかった。

意識させられた途端に両乳首の疼きが強まったように思え、恥じ入るよりも先に、より一層彼の背に押しつけてしまう。

「前に回れ。次はそのイヤらしく育ったデカ乳でチンポを挟み扱くんだ」

（胸で、おちんちん、を……？）

過去に一度ネットで検索して見てみたことがあり、どのようにするのか、知識としては有していた。けれど実際に試したことはまだない。

「互いに気持ちいい部位を擦りつけ合うんだよ。気持ちよくないわけがないだろう？」

自信満々な言葉を裏付けるように、かつて見た動画の中でパイズリ奉仕していた女性の陶然とした表情が思い出される。

（胸で、おちんちんを……絶対に、気持ちいい……っ）

尖り勃つ乳頭に響き通しの疼きが、高鳴る心音に乗って、とうに悦に溺れている肉体を動かす。言われた通りに彼の股下に跪いて、ちょうど肉棒と胸が同じ位置に来ることにまた驚き。

（あんなに洗ったのに、まだ……臭い。生臭くてツンとした、精子の……匂い……）

今日まだ一度も射精していないはずのそこから確かに匂った牡臭さにもあてられ、急くがままに双乳を差し出し、谷間へと逸物を導いた。

（さっき手で触った時よりも熱い）

より敏感な乳で触れたからなのか。手淫により桑原が昂ってくれていた証なのか。その両方であればいいと願いつつ左右から乳を手で押さえ、逸物を挟みつける。乳肌に牡の鼓動と熱が染む感覚に打ち震わされながらも、より切実な衝動に急き立てられ、乳肉を上下に揺すっての摩擦奉仕を開始した。

「んっ、んん……っ」

すでに肉棒に付着していた大量の泡が絡んで、乳の谷間で卑しい音色を響かせる。先走り汁とソープの混合泡は逸物と乳肉とを粘着させ、より密な体感をもたらした。

（おちんちん、ドクドクしてる。私の胸もうるさいくらいに高鳴って……っ）

互いの鼓動が伝わる気恥ずかしさ。妙に甘酸っぱいその感情に戸惑う一方で、尖り勃つ乳首を逸物に擦りつけたい衝動を堪えられず。

「あ、の……どう、ですか？」

「教えてないのに上手いじゃないか。どこで覚えてきた」

思わず問いかけた言葉に、問いで返され、改めて羞恥させせられる。

「……ネット、で。調べて……」

けれどそれは、いつかコウちゃんにしてあげたかったからで、貴方のために覚えたんじゃないんです——続けるべき言葉は、唾と共に腹の奥へと呑み込まれた。

「花の女子校生がエロ動画漁りか？　ふん。まるで精通したてのエロ小僧だな」

嘲りつつも「さらなる快楽を貪ってもいいぞ」と丸眼鏡の奥から見下ろしてくる細目に言われた気がしたから——。

期待にときめく乳房を左右とも内側に寄せ、逸物の通り道に両乳頭を構えた。

「ジッッ！」

間もなく往来する肉筒に、右乳首、左乳首の順で擦り扱かれ、胸の奥に向かい突き抜けた快美なる痺れに酩酊させられた。

「あァ、いいぞ……ソープのヌルヌルと乳肉に包みこまれる感じが堪らん。橘、そこのところを意識して、もっとお前の思うように動いてみろ」

褒め言葉は、酔い痴れる脳裏に心地よく浸透する。

（もっと、していいんだ。思う通りに……気持ちよくなって、いいんだ……！）

許可を得て、枷《かせ》を完全に取り払われた気がした。

「は、ぃ……っ」

上目遣いで仰いだ彼は、促すように頷いてくれている。それが嬉しくて、返事にも明らかな喜色が滲んでしまう。

滾り満ちた逸物をより挟みつけんがため、脇を締める姿勢に転じる。すると悦び勇んだカリが乳谷から顔を出し、嬉々と先走り汁を吹きつけた。

もっと乳圧を味わいたいと谷間に戻っていくカリのくびれに、待ち構えていた乳首が左右ほぼ同時に掻かれ、電撃のごとき痺れに見舞われた牝腰がくねる。

「いいぞ、橘。最高の胸マ〇コだ……！」

擦れて快感を得ているのは逸物も一緒なのだ。陶酔を強めた彼の声色と半開きでよだれ垂らす口唇、鼓動を強める逸物自体からそのことを感じ取り、女体に先駆けて心が充足感に満たされた。

（あ……また、おちんちんの先っぽ、来る……また、お汁出しに……来た！）

期待に濡れる眼に、乳谷を抜けて飛び出した亀頭が映りこむ。口中に溢れた唾を飲み込むよりも先に気づけば舌を突き出し、待ち構えていた。

「……っおぉ！」

望むところとばかりに吠えた男の腰が突き上がり、唾垂れる口唇と舌とが責め下る。

想いを共にして、男の性器と女の唇は接着した。

「れちゅぅっ」

幼馴染とは未だに初々しい接吻が常の口唇が、今は貪欲に亀頭に齧《かぶ》りつき、キスの雨を降らせる。

(お風呂に入る前、先生が私にしたように)

自身の股に施された愛撫を思い出しながらの亀頭接吻は、ただひたすらに甘酸っぱい感傷に満ちていた。そこに、漏れたての先走り汁のヌルつきと、わずかに苦い亀頭の味わいがスパイスを加える。

「うっ、く……」

いつも余裕のある桑原が、今度こそ確かに肉の悦に呻いていた。

(私の舌と唇で、よくなってくれてる……!)

再来した優越感が、舌の大胆な動きを後押しする。

また乳谷を突き上がり顔を出した亀頭を、舌先で弾くように弄び、汁と苦みを掠め取る代わりに唾を塗りつけた。

堪りかねた亀頭が乳の谷に潜り逃げていく。待ち構えていた乳首で擦り、乳肉全体で締め上げてやる。逸物が切ない脈を響かせたと同時に、痺れた乳首と、火照る乳肉が甘露に躍った。

「このまま、出すぞ……ッ、顔にかけるぞ橘！」

切々と乳肉に伝導し続ける逸物の脈動からすでに予感できていたことでも、改めて通告されると、ひとしおの喜びに見舞われる。女芯から突き上がる快楽の塊と、乳の谷を突き上がる逸物が連動しているようにさえ思え、奇妙な一体感に包まれる。

「はいっ、出して……ください、ァア、かけて……いいですからぁッ！」

切なる訴えを受けて、桑原の両手が、乳を左右から押さえる少女の手の上にそれぞれ重なり、握り締めた。温みの伝わるそれが余計に、甘酸っぱい錯覚を呼ぶ。

それを見越したかのように、亀頭がパンパンに張った状態で乳の谷から顔を出す。

「ぁあ、む……んむぅぅぅっ」

尿道口より染み出す先走り汁。その、先ほど味わったばかりのとろみと、わずかな苦みが早くも恋しくてならず、当たり前に湧いた唾を飲んでから亀頭を頬張った。

「おぉ……っ！」

熱々のカリに裏側から突き抉られ、右頬が卑猥に膨れる。驚きではなく甘美に痺れた口唇が、一滴たりともこぼすまいと窄まるさなかに、中年男の呻きが轟く。浴室内に反響するそれに続けとばかりに口中の肉棒全体が脈打ち、勢いよく引き抜けていった。

（やだ、まだ……いなくならないで！）

口の中に溢れた喪失感は、すぐさま訪れた悦なる痺れに呑まれて消える。

男女の手できつく寄せ締めた乳柔肉と、硬く尖った両乳首を、最大限の脈動響かせる肉幹に擦られて、蕩かされ半開きとなりつつも目は亀頭の行方を追った。

おかげで、乳の谷間から顔を出した状態に戻ってすぐに赤黒い切っ先が白く濁った粘液を噴き上げた、その瞬間から直視することに成功する。

「あ……！　んっ、はぁあっ、ンン！　ぁはぁっ、ああ……！」

弧を描いて飛んだ白濁汁が続々と、鼻筋、頬、額の順に着弾した。

先走り汁とは比べ物にならない粘つきと臭みの強さに酩酊させられ、一層淫熱を溜めこんだ牝腰が悩ましげにくねる。それを見て昂奮を装填した逸物が再び白濁汁を噴く。

「ぁう！」

唇に直撃した射精の勢いに竦んだのも、つかの間。鼻筋に追加着弾した白濁汁が重力に負けて垂れ滴る。額を飛び越えて前髪や頭頂近くの髪にまで付着した白濁汁の温みととろみ、臭気。

「はぁ、あ……っ、せん、せぇぇぇっ……」

顔中が牡に占拠されているという実感が、増す一方の乳と股間と尻穴の疼きが、切実な懇願となって吐き漏れた。

「お、っ、おお……っふぅぅ」

聞き届け、淫尻のくねりも見届けた男が、竿に残る分を出しきって恍惚の長い溜息を吐く。そして、いつになく優しい声色で続けた。

「……いい乳奉仕ぶりだったぞ、橘」

飴と鞭の、飴に過ぎないと知りながら、胸が弾む。期待に憑かれた股の付け根に、蜜汁が滴り、内腿を伝ったそれが浴室の床に落ちて湯に溶けていった。

汁は溶けても、伴う牝の臭気は残って、顔から漂う牡臭と合流し、男女双方にセックスの記憶を蘇らせる。

いやが上にも期待が高まる中、伸びてきた彼の手は必ず、女体のいずれかの性感帯を狙い弄ってくる――そう、思っていたのに。

「少し早いが、夕食にするか。簡単なものでいいから作ってくれ」

相変わらずの勝手な物言いと共に、濁汁の染む頭部を撫であやした。

それにより、まるで自分だけが「この先のイヤらしい行為」を期待しているように思わされる。

（……期待？　私、先生にイヤらしいことされるの、期待……して、た……？）

さっきまでの自分を顧みてハッとさせられると同時に、忘れていた羞恥が急膨張し、白濁に染まったばかりの頬を赤らむ。

自分の卑しさを突きつけられる格好となり、唇を噛まずにいられない。

「……っ、あ……！」

堪らず目線落とした先で、期待通りのモノ——未だ猛々しく反り勃つ逸物を見つけてしまったが最後、胸の高鳴りも抑えが利かなくなる。

「時間はまだたっぷりあるんだ。ちゃんと満足させてやるから、心配するな」

いつもの、ニタリ笑い。見慣れたイヤらしい顔に、初めて安堵を覚えてしまった。

手を引かれ浴室を出て、そのまま全裸でリビングキッチンへと向かう間も不安はなく。

（……っ、また……）

外気に晒された陰毛、浴室を出る時にしっかり拭いたはずのそこがジットリと湿り気を帯びて、歩行に合わせてそよぐたびイヤらしい匂いを撒き散らしている。恥じ入りモジつくほどに蜜の濃度は増し、少し前を行く男の股間のモノも再び脈を強めていった。その雄々しい様から、目を離せないでいる。

（私……最低だ。ほんと……最低……）

いくら己を責めても罪は消えない。さらなる罪を重ねることに、拒否感を抱けなくなったのは、いつからだったか。快楽漬けの脳裏に、明確な答えは浮かばない。

タコのあるコウの手とは違う、肉々しい手に繋がれ誘導される中。女体に分在するすべての性感帯がいつ襲われてもいいように絶えず感度を保ち、準備を整えてゆく。

「じゃあ、あり合わせでいいから作ってくれ」

リビングキッチンへ足を踏み入れてすぐに、彼が言う。滾らせたままの肉棒が「いつ突っこむか、楽しみにしてろ」との思惑を物語っていた。

「っ、はい……」

拭い取ったはずの精液の粘りと匂い。未だ顔にこびりついているように思えてならないそれらに心奪われ、唾を飲む。

（そんなにされたら、また……や、ァ、イヤらしいおつゆ、漏れ……ちゃう）

剥き出しの尻肉を揉み捏ねるのを忘れない男のやり口に、なお蕩かされる。その手が尻から離れてすぐに、温もりと刺激に飢えた腰が揺らぎ。

間髪を入れず戻ってきた手のひらに強くぶたれた左尻たぶが痛烈に、甘露に痺れた。

「ひッ！　あ……はぁ、ぁぁぁっ……」

痛みの後にはご褒美がもらえると知っている女体が一層期待に憑かれてしまったから——甘く蕩ける声色を、もう隠そうとも思えなかった。

4

「どうせまた裸になるんだ。エプロンだけ着けとけばいいだろ」

桑原の言い草を無体と思えども、結局は抗えず。由比は自前の絹エプロンだけを裸体の上に着けてキッチンに立ち、手早く料理を拵えていった。

丸出しの尻を気にしつつ作るのは、野菜たっぷりのチャーハン。

以前コウにも食べてもらい、味のお墨付きをもらっている一品だった。

『おかわり！』

一皿目を平らげた後、そう元気良く発して二皿目を欲した彼の口元にはご飯粒がついていて、

（思わず取って食べた私に、『なんか照れ臭いな』って）

一層赤らめた頬を緩めてはにかんでくれた。

（それを見ているうちに私も急に恥ずかしくなって……二人してはにかみ合ってた）

そんな思い出の品を、今どうして桑原に振る舞おうとしているのか。

当然のごとく生じた疑問を掘り下げる間もなく。

「見た目は上等だな」

全裸のまま料理を見物していた中年男が、背後から身体全体を密着させてきた。それにより、剥き出しの少女の尻に熱々の男性器が押し当たる。

焦がれ揺らいでいた牝尻は反射的に弾んでから、おずおずと摺りつき。

（やっ、あ……硬……い……）

まるでまだ一発も出してないのではと錯覚するほどに硬く張り詰める逸物の様に、否応のない喜悦が溢れだしてくる。

それはすぐさま、女陰よりの蜜という形で体現された。

「クク、ますます濡れやすくなって。そのうち俺のチンポを見ただけでビショビショになっちまうんじゃないか？」

嘲りを受けてビクリ。怯えとも悦びともつかず生じた震えが陰唇から膣中、膣奥へと順に響いてきてまた、新たな蜜を染み出させる。

（ダメ。ダメッッ。堪えなきゃ、また……いいようにされちゃう！）

料理中にコウのことを思い出したおかげで理性を取り戻しつつあった精神が抵抗感を露わにするも——快楽刺激に飼い馴らされた肉体が、先んじて嬉々と感応してしまう。

「ふぁッ、あ、あぁぁッ……」

堪らず牝腰がくねり動けば、双臀と、その谷間に挟まれて脈打つ逸物、双方に摩擦の熱と疼きが波及する。

「まずは試食だ。食え、橘」

「んぅぅっ……！　……え？」

今まさに摩擦に悶えさせられたところだったために、「ペニスを膣で味わえ」——そういう意味合いだと思ってしまった。

「チャーハンだよ。まずお前が食って、味を伝えてくれと言ってるんだ」

改めて事細かに説明され、色惚けた勘違いをした己に羞恥する。

（味が信用できないって、こと？）

桑原は知る由もないのだろうが、褒めてくれたコウのことまでけなされているようで。腹立たしさは倍増した。

悔しさのあまり、唇を噛む。だがそれも、ほんの数秒しか続かなかった。

尻の谷間をカリのエラで擦っていた亀頭が、いよいよ蜜壺に照準を合わせ、ほんの数ミリだけ突端を埋めたからだ。

「んぅアッ！」

それだけでまた、胸内は期待一色に染め直される。待ちわびていた膣襞がこぞって震え、大小の陰唇がより奥へ亀頭を誘うべく蠢きだす。

「ッッ……わ、かりました……っ」

最高潮に達した焦りが渋々の返事を引き出す。

焦りは手の動きにも表れ、危うくこぼしそうになりながら、ひと掬い分のチャーハンを自身の口へと運んだ。

「どうだ？」

「ん、む……」

味わい慣れたものの説明をするのは案外難しい。適当な言葉を探すため咀嚼《そしゃく》すること、数十秒。ようやくこれと思える言葉にたどり着き、一度口の中の物を嚥下してから伝えようとした。

「やっぱり、じかに味わわせてもらおうか」

なのに、背後に立つ桑原の手に両頬を掴まれ、強引に振り向かされる。

まだ半分ほど口中に残っている咀嚼物を持て余し、食べている最中の顔を間近で眺められる――性行為とは別種の羞恥に見舞われ、堪らず目を伏せたことで、相手の動向への対処が遅れた。

「んッッ!?」

結果、桑原の顔の接近を易々許し、何一つ抵抗を示せずに唇を奪われた。

関係を重ねる中でも一度として与えてこなかった、キス。初めての桑原との接吻は、不意打ちの衝撃と共に訪れた。

(……っ、キス……! ダメ、それだけは……キスはコウちゃんだけって……)

両頬を掴む手は力強く、振りほどけない。驚きと怒りにただただ目を白黒させる中で、新たな衝撃――口の中に滑りこんできた舌への対応に追われる。

流入する中年男の唾は泡立っていて粘り強く、そこにニコチンの嫌な苦みが溶けこんでいた。

(やだ、やだややあああっ。こんなのって……酷過ぎるよ……)

堪らず落涙し、「すべて夢であれ」と願いながら瞳をきつく閉じる。

それで嫌悪が消せるはずもなく。むしろ、視覚を自ら断ったことで感度の増した舌が、ヌトヌト絡みつく中年唾液の触感と苦い味わいを、より鮮烈に受け止める羽目に

んはっ
ちゅぱ♥
ちゅ♥
ハァ
んっ♥
ちゅ♥

なった。

そんな中で、少女の瞳はさらに信じられぬ光景を目にしてしまう。

(う、そ……私がさっきまで口の中で噛んでた……の？)

唾を塗りこめられる心地悪さと、初めて味わうニコチンの受け入れ難い味に慄き惑っているうちに、少女の舌の上から掠め取られた咀嚼物。

よく噛んだおかげですっかりペースト状となっていたそれが、侵略者たる男の口の中に移されたうえで改めて咀嚼されている。

(食べ、られてる……！)

信じ難い現実を目の当たりにし、一際の怖気が背に奔る。

これまでやんわり態度で示せば、キスだけは無理強いしなかったくせに——それゆえ勝手に聖域と思いこんできた浅はかさを今さら悔やんでも、唇をなし崩し的に奪われた事実は変わらない。その怒りも手伝って久方の反抗心が喉元にまで押し上がる。

タイミングを図ったように男の腰が押し出され、先っぽだけを埋めた状態で待機していた肉の棒が膣内へと突き潜っていった。

(嫌あっ入ってこないで！　嫌……！　……嫌だって、思ってるのに……うぅ、どぉ、してぇっ)

膣肉が熱々の剛直に擦れるたび、悦びの蜜が染み出して。それごと絡みついてくる膣襞の締めつけに応えた肉の棒も嬉々と震え、互いの滾りぶりを伝え合う。

嬉々とした痺れが高速で全身へと波及していく中で、行き場を求めるように口の中で震えた少女の舌に、再度潜り入ってきた男の唾液たっぷりの舌が巻きつく。

家庭用コンロでもパラリと仕上げられるのが密かに自慢だった自作チャーハンのスパイシーな味わいが彼の舌に残っていて、二人分の唾液のヌルつきに巻きこまれるように掻き混ぜられてゆく。

「ん、っふ、んぅぅ……！　んっんんんぅぅぅっ！」

口の中に響く攪拌音と連動するがごとく、激しく突き混ぜられた膣内でも蜜の攪拌音が奔り続けていた。

肉棒が突き入るのに従い浅い部位から奥へ、引き抜けるに従い奥から浅い部位へ。熾烈に波及する悦なる痺れに引き寄せられ、子宮が産道を降りてくる。

（ダメ……そのまま降りてきちゃ、アッ、あ……！　ダメぇぇぇっ！）

幾度となく重ねた密会の中で知った知識が危機感となって胸ざわめかせるも、細腰が率先して男の股間に押しつき、ピストン——肉棒の切っ先と子宮との接近を愉しんでしまう。

膣洞も一層蠢動を強め、奥に肉棒を誘った。長い焦らしの果てにようやく逸物を咥えた股穴の意志は、あまりにも頑《かたく》なだった。

口中の嫌悪感も、股が喜悦に痺れるたび薄らいでゆき。歯茎や頬裏、舌の先。口の中でも敏感な部位を舐られ、中年男の唾にまみれる範囲が広がるにつれて、むず痒くも面映ゆい感覚が胸を打つ。

「んふッッ‼　ふぐぅっんむぅううぅっ！」

そしてとうとう、産道を降りきった子宮の口と、責め上がった肉棒の切っ先とがキスをする。押しつき放たれた牡の先走り汁を、子宮の口が嬉々と啜り飲む。

そっくり同じように、彼の舌から垂らされた唾を呼吸のためという建前を笠に着て喉奥へと飲み下す。

（このまま……一緒に……イけたら）

きっとまた、意識ごと刈り取られるような壮絶な絶頂に至れるだろう。不安も悩みも消し飛ばして余りある大悦波の到来を、男は蜜襞の蕩けようと締めつけから、女は締めつけた肉棒の忙しない鼓動と往来の激しさから確信した。

「どこに出して欲しい……？」

そんな折に訪れた、問いかけ。一日唇を剥がしたばかりの男の口から紡がれたその言葉は、まさに悪魔の誘惑だった。

(膣内《なか》……!)

即座に思い浮かべた答えは、子宮を突き上げられるたび勢いを強めて迫り来る悦波に後押しされ、一気に喉元にまで駆け上る。

(でも中に出されたら……先生との赤ちゃん……できちゃう……!!)

出かかった懇願をまた喉元へと押し戻したのは、破滅に直結する想像。

そして結局口移しでひと口分食しただけでキッチンで冷めゆくチャーハン。その寂しい光景を目に留めることで思い出した、コウの『美味いよ』という褒め言葉と笑顔が、何よりのブレーキとして機能した。

「黙ってるってことは　好きなところに出していいってことか?」

「ンッむぅぅっ」

ピストンを強めつつの再度の問いかけに、思わず首を横に振るも答えは口にできず。

——このまま何も言わなければ、膣内に出されるかもしれない。

(先生だって、そうする方が気持ちいいに違いないんだから。中……に出されたら、私もきっと今までで一番……。——でも)

——意地悪な先生のことだから、私が中に欲しいと思ってると理解した上で、またいつものようにお尻の上にぶち撒けるのかもしれない。

(これまでのことを考えたら、こっちの可能性の方が……でも、絶対とは、言いきれないじゃない……!)

最悪の結果を招かぬためにも、早く明確な拒絶を口にしないといけない。でも、言えばこの快楽は終わってしまう。

(私、は……っ)

拒絶で固まったはずの心が、膣を突き回されるたび迸る恍惚に揺さぶられて、確かに思い浮かんでいたコウの笑顔も涙に滲んで不明瞭になってゆく。

「出すぞ。いいな橘ぁッ」

葛藤は果て無く、結局嬌声ばかりを張り上げているうちに再度唇を塞がれ、意思表明の機会は失われた。

差し迫るその時を前に、我が物顔で膣内を往来しては、射精へのカウントダウンを刻みつけていく牡勃起。

「んぅっ! ふっ、んぅ! んッ! んッッ、ン————ッッ!!」

その逞しさとイヤらしさに鳴かされながら、ただせめてもと、口の中と膣に溢れる悦に耽溺し続ける少女の眼に涙、内腿に泡立つ蜜が同時に伝った——。

5

散々膣内を突き穿られた挙句に尻の上に白濁汁をぶち撒けられた、その余韻も冷めやらぬうち。引き続き裸エプロン姿の由比は、いつぞやの生徒指導室での密会同様に、テーブルの上にM字開脚で屈むよう命じられた。

日々家族で食事している座卓の上には、桑原が訪ねてきた時に持っていた黒い手提げ鞄の中身——長さにして十五センチほどのピンク色のアナルバイブが、カリを上に向けて設《しつら》えられている。

「そうだ、そのまま腰下ろせ。ケツ穴でしっかり呑み込むんだ」

「っ……あ、ぁッ」

引き続き男の命に従い、待ち構えるバイブの頭部に肛門を口づける。バイブの硬さと冷たさに慄いたのは、一瞬だけ。

(本物のおちんちんじゃないけど……前の穴じゃない、けど……でも、これを入れたらきっと……っ！)

結局膣内射精の快楽を知ることができなかった膣肉が、果てしない欲をひしめかせて急かしてくる。代替行為でも、ないよりまし——そんな後ろ向きな意識が、バイブの感触をじかに感じた瞬間から、未知なる尻穴挿入快楽への期待に成り代わり。欲に憑かれたが最後、躊躇いをなくすのは後ろの穴も同様だった。

「は……んッ！　ンっ、あ……っ、あはぁッあぁぁぁ……っ！」

桑原の指でほぐされて以来お預けを食っている窄まりが、排泄用の穴らしからぬ貪欲さで、ピンク色の切っ先を呑んでゆく。

本物ほどでないにしろバイブが意外と弾力性を有していたのも奏功し、驚くほどスムーズにピンクの砲身の半ばほどまでが肛穴に収まった。

（あァ……っうぅぅ……中からお尻っ、拡げられてくっ、うぅぅっ）

初めて膣に桑原の逸物を受け入れた時と同じ感慨を抱く。それが膣にさらなる疼きを呼びこむことにもなり、堪らず腰を目一杯降ろしきる。

がに股でアナルバイブを呑みきると、早速心地を確かめようと腸洞が締めつけた。

「ふふ、どうだ。初めてのアナルバイブは。気持ちがいいか、橘？」

告げながら背後に回った桑原の手に、肩をポンと叩かれる。軽いその振動は背から尻に伝い、肛門へと伝って、バイブとの微細な摩擦を引き起こす。

つるりとした腸壁にはすでに腸液が滲み出している。それにより滑りの良くなったバイブを手放すまいと、慌てていきみ、尻穴を引き締めた矢先のことだった。

「ふぁうっ！　あっ、ああっ……はぁ、あああっ……！」

先頃まで膣で味わえていたのと酷似した、けれどまだまだ物足らない痺れと疼きが腸洞内に駆け巡る。急き立てるように心臓が脈打ち、尖り勃つ両乳首とクリトリス、パクつき通しの膣も揃って切なる想いを突きつけてくる。

――もっと、もっと欲しい！

身体中が求めるままに尻を持ち上げ、呑みきったばかりの砲身を吐き出してゆく。

「うぁ、あっ、んうう……っ」

穴を埋められる悦びを自ずと手放すのは、確かに心苦しく、歯痒さが募る。それでも便秘の末の排泄に似た高揚感と解放感、何より凹凸まで本物を模しているバイブと濡れた腸壁との摩擦に伴う甘露な痺れが間を取り持ってくれた。

そうしてやっとの思いでバイブの半ばほどまでを吐き出し、間髪を入れずに勢いよく腰を再下降させれば――。

「くぅ、んんん！　はッ、あああァッ！」

ゴツゴツの砲身が突き潜るのと同時に、一段と中毒性の増した悦びの波が腸壁、その薄壁の向こうに息づく膣肉、子宮へと順次轟く。

子を孕む器官は勘違いして産道を降り始め、それを促進するように膣洞も蠕動する。股の残りの穴も当然連動した。惚けた尿道が震えて尿意を蓄えだしたのみならず、腸洞全体がうねってはバイブを甘く噛みほぐすように締め愛でる。

(これ、ああ……ダメ、我慢、できなっ……)

病みつきとなった腰が再度持ち上がり、すぐさま振り落とす。再来した摩擦悦は、腰の勢いをつけた分、先のそれよりも鋭く腰の芯を打った。

さらなる高みを欲して、繰り返すたび尻の上下する速度を上げてゆく。

「は、ッ、ぁはッ、はアッ、あアぁぁッ」

染み出した腸液と、バイブに塗られたローションとが混ざり奏でる猥褻な音色も、荒く乱れる一方の自身の息遣いも、悦波に心奪われる中にあっては一切耳に入ってこない。

「机がお前のやらしい汁でベトベトだ。なぁ橘」

なのに、中年教師の持って回った口ぶりだけが明瞭に、心に飛びこんでくる。

「彼氏は今頃も休日返上で野球の練習に励んでるだろうに。その裏でケツにバイブ咥えてアへってるお前は」

――最低だ。

自嘲と悔恨が急膨張するも、桑原の言うように卑しい蕩け顔と、尻を上下に振ってのバイブ抜き差しを、どうしてもやめられない。

(そんな、私は……っ)

──最低、という一言を通り越して……。

「お前は一体何なんだ。声に出して言ってみろ橘！」

怒鳴られてビクリ。怯えと、肉の悦びと、二重の意味で跳ね弾んだ尻肉が、また深くバイブを咥えこむ中。

「わたしっ……変態っ、変態女子校生です……っ、ふぁッ、あぁァァァ……！」

思ったままが、ひり出されてゆく。

発してしまった瞬間に胸が軽くなり、なぜか大粒の涙がぽろぽろとこぼれてゆく。

なのに、相も変わらず目じりと口元は恍惚に綻び通し。

そのアンバランスな淫らぶりに満足して、桑原が頷く。

「よくわかってるじゃないか」

ぼそりと呟く彼の口元は案の定ほくそ笑んでいて──尻を強めの力で掴み止め、一揉みした直後に解放してくれる。

下降したくて目一杯力んでいた牝尻が、抵抗を失ったことでこれまで以上の速度でバイブを呑んでゆき——強く揉まれた痛みがまだ残る中で、再来した波状の恍惚を噛み締めた。

「あぁぁあああぁあっ！」

衝撃に負けぬよう、M字に開き通しの両脚の間に両手のひらを着け、前のめりの姿勢となって甘露に痺れる牝腰を再び上下に振るっては、さらなる悦を貪ってゆく。

次々襲来する痺悦の波に、蕩けほぐれる腸洞のみならず、蜜溢れる膣穴も、嬉々と悶えた尿道も、脇を締めるついでに上腕でエプロン越しに擦り潰した乳頭も、身体の隅々までもが一丸となって至福にひた走る。

「持ってきた他の道具も順に試してやるからな。もっと太いのや、電動のやつ。球が数珠つなぎになってるやつ」

持参した黒鞄の中身がすべて尻穴の調教道具だとばらしつつ。男がまた平手で、ピストン運動さなかの右尻たぶを狙いすまし、ぶった。

「ひぃんッ」

ジンと突き刺さる痛みが、バイブとの摩擦悦の中毒性をさらに引き上げる。

尻穴が、まだまだ上の快感があると知って嬉々と引き攣れ、徐々に迫ってきていた巨大悦波を自ずと手繰り寄せてゆく。

「全部でほぐしたうえで、最後に本物をくれてやる」

(今日、お尻の穴におちんちん入れられちゃうんだ)

もたらされた予告に、高鳴る胸。その左右の膨らみの突端が、尖りを強めたせいで自ずとまたエプロンの裏地と擦れ、追加の恍惚に痺れ酔う。

「だからちゃんとケツ穴ほぐしておけよ。好きなだけイっていいからな」

思う様貪る許可を得た肛穴が喜色にまみれ、疑似ペニスを締め上げた。

叩きつけるように尻を落として縦の摩擦を堪能するのに飽き足らず、腰をくねらせては横方向での擦れまで貪って、染み溢れた腸液を掻き混ぜる卑猥な音を響かせる。

(この後私、お尻の中で精子、出されちゃうんだ)

当たり前に浮かんだ想像にときめき漏れた蜜汁が、自身の内腿を伝い食卓に落ちるのも構わずに、「今度こそはちゃんと中に出してとおねだりしよう」と心に誓う。

(だって、その方が絶対気持ちいい……!)

「マ○コ以外でするセックスは浮気の内に入らんから、気に病むことないぞ」

平素であればとても呑み込めない無茶な言い草が、肉の欲に酩酊する今はストンと腑に落ちた。

(お尻なら妊娠に怯えなくてもいいもの。……気持ちよくなってもいいんだ。お尻でならお好きなだけ感じても、いい……！）

心がさらに軽くなり、思わずよだれこぼすほどに少女の口元が緩んだ、その矢先。

腰が上下するたび膨らみ続けてきた快感の塊が、いよいよ駆け上がっていった。

「イク時はちゃんと宣言するんだぞ」

「は、ひッ！　イ、きます、私っ、もぉっ」

彼の言葉終わりを待つことなく、被せ気味に涙声が宣言した。

「どこでイク、どうやってイクんだ、言えぇ！」

今日初めての恫喝めいた物言い。そのすごみにすら、欲に惚けた心根がときめいてしまう。素直に応じればより気持ちよくなれる——その一念に支配され、口走る。

「お尻っ、お尻オナニーで、イキますっ、わたひっ、ィィいッ」

「尻じゃねぇ、ケツだ！」

「ケツ穴オナッ、はひィっ、あァアッ‼」

はしたない言い方をするほどに酩酊が深まることも知り、迸る悦波が吐き出る、そのタイミングを狙って腰を思いきり振り落とす。

もはや完全に愉しむための穴と化した腸洞が嬉々と引き締まる中、疑似ペニスと擦れて一層の悦びに満たされる。それが、巨大悦波の最後の促進剤となった。

「イク……ケツマ○コ、ヒィっ、くうううッッ!!」

卑語をひり出し、白熱に貫かれた女体が座卓の上で前のめりに倒れこむ。尻を突き出した状態で痙攣し、ようやく再訪してくれた至福を噛み締めた矢先。

腸洞に深く呑まれたまま座卓を離れ、尻と一緒に突き出ていたバイブの底面を、男の手が掴んで操り、腸壁を抉るように突き捏ねた。

「はひッッ！　あっあああああっ！」

一度目の大波が去る前に、第二波が押し寄せる。雷に打たれたように硬直した牝尻がドッと汗を噴き、収縮した腸洞がより痛切な衝撃に悶えてなお攣った。

二段構えの悦びに灼かれた肛門がいきみ盛り上がり、バイブをひり飛ばそうとする。

それは許さないと男の手がバイブ底面を押し突いて。

「ひぁっあっあはぁぁあああっ」

三重の悦波を浴びた女芯が咽び泣き、従属することを決めた。絞り締まった肛門が、今度こそ手放すまいと、ピンク色の砲身を食んだまま喜悦に揺らぐ。

（……こんなのが、まだたくさん、あの中に入ってる……）

二階寝室に置かれたままの黒鞄に想い馳せる少女の瞳は、涙に滲んだまま。

「続きはお前の部屋でな」

言うが早いか差し伸べられた男の手を見つめ、また落涙した。

6

『明日から地区大会だ。しっかり身体を休めておくように』

今朝の練習を正午ちょうどで切り上げた今野監督の判断は正しい。

そう思ったからこそコウも帰宅後は身体と勘が鈍らないように素振りをこなした程度で自主練を切り上げた。夕食も早めに済ませ、入浴時間を長めにし、疲労をしっかり取り去ったうえで就寝する算段をつけてもいた。

けれど、今年が幼い頃からの夢の一つ、甲子園へのラストチャンス。出場への手応えを感じてもいる若い心身が余力を漲らせ、午後九時半に布団に潜った後も寝つかせてくれず。

結局、ランニングに出て余力を削ることにした。

「っ、はっはぁ、はっ」

息がきれない程度の速度で、駆け慣れたコースを辿る。

五分もしないうち、見飽きるほど目にした幼馴染兼恋人の自宅が見えてきた。

(由比の部屋の明かり、点いてる……あいつ、まだ起きてるのか)

一日足を止め、ポケットに入れて万歩計代わりにしているスマートフォンを取り出して確かめた現時刻は、午後十時、五分前。十代の若者なら起きていておかしくない時間だが、今日、由比は風邪で野球部の練習を休んでいた。

(咳きこんで寝られないでいるのか……)

カーテンに閉ざされてないあの窓の向こうで、寝間着姿の恋人が弱々しく咳きこんでいる様が思い浮かぶ。

由比はこれまで一度だって嘘をついたことがないから。仮病で練習サボった——そんな疑いは生じもしない。

窓を見上げるにつけ、ただただ、健気な恋人への心配ばかりが募っていった。

(いつも、一生懸命に声出して、俺たちを応援してくれてんだもんな)

本来大声を出すのが得意ではないのに、マネージャーとして雑事をこなしながらもチームメイトに声援を欠かさない。

誰かがへこたれそうになっているのを最初に見つけるのはいつだって由比で、タオルを渡す際に一人ずつにひと声掛けるといった細やかな気配りも忘れない。

(由比は俺のことを自慢だって言うけど、俺にしてみりゃ由比こそ自慢の彼女だ)

そんな彼女と共に見続けてきた夢の第一歩――甲子園への切符をかけた大会が明日、始まるのだ。休むべきと知りつつも、身体を動かさずにいられない。

負けるつもりは毛頭ないが、後悔もしたくない。なればこそ、納得いくまで汗流してから帰宅する心積もりでいた。

「……由比」

口に出して名を呼ぶと、今日はまだ聞いていない、あの心地のよい声を聞きたくなる。決して大輪の花でなく、控えめながら健やかに咲く野の花のように馴染み深く愛しい人の顔を、見たくなる。

病身に無理させるべきでないと知りつつも、溢れた思いが、スマートフォンに這わせた指を後押しする。登録済みの由比の携帯電話番号を呼び出す音色が手の内で響いたのは、間もなくのことだった。

7

「はぁ、あッ……ン……っ」

ブポ……と卑猥な音立てて、ベッド上で四つん這いとなった由比の尻穴から電動アナルバイブがひり落とされる。

落ちた先――自室の床にはすでに大小様々六つの尻穴調教具が転がり、そのいずれもが桑原の持参したローションと少女の腸液に濡れて淫臭を放っていた。

桑原の持参した黒鞄の中に入っていた、黒く透けたランジェリー。両胸と股間、尻の谷間を覆うべき布地だけがくり抜かれて存在しない、下着の用を成してすらいないそれを身に纏い、自室でのアナル調教を受け入れたのは、もう何時間前だったか。

その間に幾度となく訪れた、そしてたった今訪れたばかりの絶頂の恍惚に打ち震わされつつ、半開きの口唇から掠れ掠れの喘ぎを吐きこぼす。

「は、ぁ、あぁぁ……っ」

虚ろに半開きの眼から流れた涙がベッドシーツに無数のシミを刻んでいたが、それが屈辱によるものか、嬉し涙なのか、陶酔と恥辱の繰り返しの中で由比自身にももはや判別がつかず。

散々穿られた肛門も、またお預けされる形となった膣門も止め処なく汁をひり出していて、それによるシミの方が涙よりもずっと多い。

調教具にまぶされたヌメりが、蛍光灯の明かりに照らされることでより一層イヤらしく輝いて見える。腸液とローションに磨き上げられ輝く七つの淫具に弄ばれた時間を思い返すだけで、ぽっかり開き通しの肛穴の内側が切なげに蠢いてしまう。

(また、アレの中のどれかでお尻を虐められるの……？　それも、イイ……けど)

蕩けた視線が淫具から、背後の男の股間へ移ったのと同時に、

「それだけほぐれてりゃ十分だろう」

男がまた、丸出しの中年太り腹を揺すり笑いながら告げた。

ひとしきり笑い終えてから顔を上げ、右手に握っていたローションの瓶、残りわずかとなっていたその中身を剥き出しの逸物に余さず垂らしきり。肉の幹を自ずと扱き、まぶしたての粘液と馴染ませる、その一部始終をわざと、絶頂の余韻に震えていた娘の鼻先で見せつける。

改めて背後に回った彼のローションに濡れた逸物が、七つの淫具よりもずっとイヤらしく、輝いて見えたから——。

「くぅ、ん……っ」

まるで腹の空いた飼い犬が餌をねだるかのように、恥も外聞もない媚びが声となり、尻尾の代わりに尻を振って乞いねだる。そうして待ちわびること、わずか数秒。

「腹に力を入れるんじゃないぞ……」

低く響いた声ののち程なく、肛門と亀頭とがキスをした。

「ッッ!!」

声も出さずに頷くことで指示に従う意思を示した少女の、淫具調教を経て柔く温く仕上がった肛穴へ、滑りこむようにカリ首までが潜り入り。

「は、あぁぁぁ……っ!」

苦しさの欠片もない、ただただ摩擦の熱と恍惚に酔うだけのアナルバージン喪失。その瞬間、喜悦の心情を反映して腸洞全体が逸物を食み締めた。

たっぷり染み出た腸液の滑りに乗って、ゆっくりと、少しずつ肉の砲身が埋めこまれてゆく。

「ふぁぁ! あっ、あはぁ!」

期待通りの肉棒の逞しさに、蕩けた大声を張らずにいられなかった。淫具に虐められる最中もずっとこれを待っていたのだと、改めて痛感する。

(おちんちん……お尻の奥まで来てくれる……やっと……!)

本物のペニスが尻穴を満足させてくれる。そんな最大限の期待が、女体の感度をさらに一段階引き上げた——卑しい実感の直後に、無情な機械音が鳴り響く。出処は、枕元に置き去りにしていたスマートフォン。

(着信!? なんで……誰から……こんな時にっ!)

不測の事態に緊張と、いつにない腹立たしさが身を灼く。鳴りやまぬ音に怒りをぶつける勢いで手にしたスマホのディスプレイには、今一番目にしたくない名が表示され続けていた。

「高梨からだろ、出ないと怪しまれるぞ」

言いながら逸物が深々刺さり、腸の壁を抉る。

「ンあッッあああ！」

衝撃を浴び奔った悦が腸洞全体に波及して、堪らず牝腰が幾度もくねってさらなる衝撃を乞いねだった。

なのに、男は急にぴたりと腰を止める。

『ケツ穴にチンポはめたままで電話に出ろ』

そう、眼鏡の奥の眼が意思を示していた。

（そ、んな……こと……でも、また拒んだりしたら……っ、今からもう一度、お預けなんて……もう……無理……）

膣内射精を拒んだ結果膣絶頂に至れず、その後数時間にわたって淫具に虐められた末に訪れた至福の時を再度拒む――そんな選択肢は、もはやあり得ない。

（……コウちゃん……っ、私……っ、ご、めんなさい……っ）

裏切りを重ねることを躊躇いつつも、拒めなかった。不安と焦がれに震える指でスマホの画面をタップして、電話に出る。

「もしもし。ひょっとして寝てたか？」

聞こえてきた声は一日ぶりながら、なぜだか無性に懐かしく感じられる。そのおかげもあり、意識が瞬時に日常へと引き戻された。

「う、うん。すぐ出られなくてごめんね」

平静を取り繕えてるつもりだが、電話の向こうの彼にもそう聞こえてくれているだろうか──自信はない。

腸内に埋まったままの逸物が、蓄積した滾りを誇示するように脈動している。その都度緊張と恍惚の間で意識が揺れ動き、当たり前に逸物を締めつける。より強く感じ取ってしまった牡の存在感が恋しくて、堪らず牝腰が前後に小さく揺れた。

「いや、こっちこそごめん。……ただ、ちょっとお前の体調、気になっててさ」

（あぁ、っ、イイ、ところに当たってるぅ……っ）

尻を揺すった拍子にカリに擦れたのは、ちゅうど薄壁越しに膣の中腹──初めての密会の折に桑原に仕込まれた性感帯を刺激できる場所だ。

コウの優しさを意識の端に留めつつも、堪えきれなくなった牝腰を前後左右に弾ませる。

「……ッ！　っふ、っ！　ン……！」

上体を倒してベッドシーツを噛むことで嬌声を押し殺す努力をした。半面、高く掲げる格好となった淫尻が一層牡肉棒に食みついて、ブポブポと猥褻な音色を響かせ始める。

「ランニング中なんだけど、今、ちょうどお前ん家《ち》の前にいるんだ」

部屋の窓から覗けば顔を見れるところに恋人がいる。そう知らされてカーテンを閉めないでいたことに気づかされ、遅まきながらの後悔が溢れる。それと同時に危機感が急膨張するも、肉悦を貪りだした尻を止めることができなかった。

「すげぇ辛いようなら無理しなくていいけど、その、顔だけでも見せられねぇか？明日になれば見られるってわかってても、なんか、さ」

コウにしては珍しく歯切れ悪い口ぶり。明日、甲子園に出立するということでナイーブになっているのだろうか。そうした心配から、彼の顔が見たくなる。窓は、手を伸ばせばすぐ届く。そこから首から上だけを覗かせるのなら、大丈夫かもしれない。

甘い見通しは、直後の中年教師の行動によってあえなく打破された。

（ヤッツ、あ……!?）

あえてなのか、ゆっくりと尻を揉みだした中年教師の手つきに、焦れ喘ぐ意識と目を向けさせられる。

(コウちゃんと話してるのわかってて、どうしてこんなこと……。バレたら困るのは先生だって一緒でしょうっ⁉)

さすがに従順になれず、目と、口パクで怒りを伝えるも——。

『顔、見せてやれよ』

同じく無音、口パクで紡がれた桑原の意図は、ニタニタとイヤらしいその笑みからも明白だった。

『歩けないってんなら、俺がハメてるこのエロ尻をチンポで押して行ってやるよ』

再度の口パクが、少女の躊躇をたやすく突き崩す。

(そんなことされたら、絶対に声我慢できない……！　イヤらしく喘ぐの、コウちゃんに聞かれて……)

最悪の未来予想図が、自主的に窓際まで四つん這い歩行する決定を下させるのに、時間は要さなかった。

「由比？　息荒いみたいだけど大丈夫か。辛いみたいだし、そろそろ」

会話が途切れたことで心配を増した様子のコウの声がスマホ越しに聞こえてきて、

申し訳なさを増長させる。「そろそろ切ろうか、電話」と続くに違いない言葉尻にも滲んでいたコウの心配りに。堪らず涙が溢れる。

「ご、ごめん。ちょっと咳きこんじゃってたから。それじゃ、えと、寒いとまた咳きこむかもしれないから、カーテンの間から顔だけ見せるね」

涙声を必死に隠し、吐息混じりの喘ぎを漏らさぬようにも留意しての矢継ぎ早の発言。それを終えた直後にまた、桑原の顔がまたイヤらしく歪む。

間を空けずに逞しい逸物が腸洞を小刻みに往来し始め、もたらされる憎らしくも抗し難い摩擦の悦に再び心身が打ち震わされる。

（やめて！　声、ギリギリ我慢してるの、出ちゃうからぁぁっ）

追い立てられるようにして窓際に達した少女の涙ながらの睨みにも、圧倒的優位に立つ中年教師は動じない。

よりねちっこく、強烈なピストンを期待する牝腰が卑しく揺れ、浅い位置で亀頭を食んでいる腸壁が貪欲に蠢いては腸液を染み漏らしているのを知覚するにつけ、「今は従うしかないいんだ」――すでに今日何度も屈服してしまっている心が、改めて思い知る。

ついに窓枠を掴んだ少女の手指は、罪悪感になお震えていて――。

意を決して顔を持ち上げ、窓越しに路上の恋人を覗き見る。

(顔、ちゃんと普段通りにできてる？　声、息は……大丈夫、かな……？)

溢れる不安は、手を振っている筋肉質なシルエットと。

「おう。咳、大丈夫か？」

安堵と心配の入り混じった笑みをこぼしている大好きな彼の顔が打ち消してくれた。

おかげで普段、自分がコウと話す時に見せている自然な笑みを思い出す。すぐさま顔に浮かべ、一方で今にも吐きこぼれんとする嬌声を必死に押し殺す。少しでもコウの心配を取り除きたい、万全の状態で甲子園に臨んでもらいたい。そんな気持ちだけで、今もネチネチと緩慢で小刻みな抜き差しに終始する桑原の腰遣いに耐えていた。

「う……んっ、平気……だよ……」

首から上だけを窓から覗かせてコウと会話するためにはベッドに膝をついて四つん這いの姿勢を維持しなければならない。必然的に尻は背後の桑原に突き出す格好となる。

それをいいことに中年教師の手は好き放題に尻肉を揉み捏ね、恋人間の会話にいつ喘ぎ声が挟まるか、状況を愉しんでいるとしか思えなかった。

(我慢、するんだ。あと、もう少し……っ、コウちゃんが安心してくれる、まではっ……声、絶対に出さない……っ！）

「でも、顔がまだ赤いぞ。熱、まだ結構あるんじゃ」

「まだ、ちょっとだけね。でも、ほんと微熱だし。明日には学校行けるから」

怪しまれぬよう、そして内面の必死さが顔に出ぬよう努めて、「いつもの笑顔」を張りつけ続ける。

でも、淫らな火照りを上塗りするためのそれは果たして、本当にいつもの「自然な笑み」といえるのだろうか——？

疑念を覚えた矢先に、腸洞を穿る逸物の動きに変化が訪れる。緩慢な抜き差しはそのままに、凶悪に張ったカリ首を腸壁に擦りつけるような動きに転じたのだ。

「……ッッ!!　ふ、ぅッッ」

不意を食らったせいもあって堪らず甘い響きがひり漏れる。

「めっちゃ咳きこんでんじゃん。長電話、付き合わせちゃってごめんな」

直後に咳きこんでみせたせいで、コウは誤解をしてくれた。

「う……ん、コウちゃんもランニングで身体冷やさないように、ね……っ」

それから再び喘ぎを堪えて、何とか偽りのない言葉を紡ぎ終える。

「おう。そっちこそ、早く寝ろよ。……辛いのに、ありがとな。お前の顔見れて、安心できた。……お休み、由比」

いつも通りの前向きさを取り戻し、感謝とねぎらいの言葉を残して——恋人の痴態に気づくことなく、コウが通話を打ち切り、手を振ってから背を向ける。

（よか……った……）

コウが安心してくれたことと、他人棒をあろうことか尻穴に咥えこんでいる事態に気づかれなかったこと。二重の安堵に包まれて、少女の淫穴が嬉々と収縮する。

「っは、あぁぁぁぁっ」

応じて中年男の逸物が脈打てば、我慢していた分、声量と艶めきを増した嬌声が迸る。堪らなくなった淫尻がこねり舞い、腸液とローションの泡立ち混合液が、ほぐれきった肛門の皺という皺を浸してゆく。

「我慢できたな。偉いぞ橘」

褒美とばかりに繰り出される速い回転のピストン運動——待ち望んでいたその激しい衝撃に、排泄のためにあるはずの肉穴は即時順応し、迸る悦波を片っ端から貪った。

「はァんッ！　ンっああ……！　はぁ、あッあァあッ、ンッ、ンあああああ！」

コウへの懺悔で一杯だった胸内が、瞬く間に肉の欲に染め抜かれる。応戦する淫尻の押しつきも、うねりも、もはや我慢する必要はないと理解して、恥も外聞もなく乱れ舞う。

「感じるのもイクのも堪えるのは大変だったろ？」

語りながら腸洞をほじり回す逸物も、我慢の時を終えて急激に鼓動を速めている。熱さ、硬さ、ゴツゴツの形状。すべて余さず感知して、腸壁が舐りつく。

舐りついたそばから擦り剥がされて、その都度摩擦の悦びと、引き離される切なさに襲われる。それでも舐りつかずにいられない。

「は、い……ッ、ふァ！　あっあァ……ンンぅッッ！」

今、確かに意を同じくする男。共に絶頂に向かいひた走ってくれるであろう彼に、従順な返事と媚びた目を差し向けた。

「なら、そこの写真に向かって宣言できるな橘」

至福に向かうべく蕩け緩んでいた顔を横切って指し示された先、枕元の、先ほどまでスマホが置いてあったすぐ横に、その写真立てはあった。

中に飾られているのは、共に野球帽を被って居並び、無垢な笑みを浮かべている少年少女。

（初めて夢を誓い合った頃の、私とコウちゃん……！）

「高梨との夢と、ケツアクメ。今はどっちが大事か、言えたらイかせてやる」

告げながら振るう腰の回転を、わずかに落としてみせた彼の思惑は明らかだ。再び焦がれにまみれた牝腰が自ずと派手に動こうとするも、毛むくじゃらの腕に捕まり押し止められてしまった。

(子供の頃からの夢より、お尻でイきたい……？　そんなこと……)

――認めたくない。

これまで努めて目に入らぬようにしてきた写真立ての中の自分とコウ。飾っている中でも最も幼い写真の中の二人を裏切ることは、この期に及んでも憚られたが――そう感じること自体が答えなのも、わかっていた。

「今は、どっちが大事なんだ」

今は、という部分を強調する男の言い様が、卑劣で浅はかな決心への後押しをする。

(今だけ。今日の、今、一度だけ……だから)

胸内で言い訳を連ねるうち、終いにほとんど聞こえない掠れ声となって漏れ響く。

「ん？　なんだ？」

おそらく気づいていながら、とぼけた中年男が腰を振る速度を上げて、言葉の続きを促してくる。滾りをこの上なく知らしめる逸物の忙しない鼓動と、呼応して膨張する腸洞内の痺悦にも急き立てられ、よだれまみれの舌にとうとう屈服の言葉が乗った。

「認めます……っ、だからもっと気持ちよく……たくさんイカせてくださいッッ!!」

思ったままをぶち撒ける。

腹の中に白く濃ゆい汁を大量にぶち撒かれる、そのまだ知らぬ快楽に想い馳せ、宣誓と同時に解放された淫尻を再び縦横無尽に振るい立てた。

「お前は最高の女だよ、橘……ッ!」

ニィ、とほくそ笑んだ顔が近づいてきて、揺れ靡くポニーテールの真下、髪の生え際やうなじにキスの雨を降らせてくる。

伸し掛かる中年男の重みに耐えかね再度ベッドに上体を突っ伏せば、猥褻衣装の裂け目から丸出しの左右の乳頭がギュッと強めに、男の手指に摘まれた。

そのままシコシコと扱き立てられ、やはり痺悦を孕まされた乳頭が嬉々と震える。震えは嬌声に伝染し、差し迫った絶頂への期待をこの上なく表現した。

「あ……!　あァッ、はっ、あァぁンンンッ」

気づけば、己が手でお預けされ通しの膣を弄り回してもいる。再三薄壁越しに突いてくる逸物が恋しくてならず、淫穴が指をしゃぶるように蠕動し続けていた。

「どっちの穴がいいんだっ」

「どっちもっ、でも、おちんちんっ、先生のおちんちんでされるのが一番っ、気持ちいいです……っ、あンッンンンあああッ」

荒い息吐き逸物を突き刺す男の問いかけに、被せ気味に応じる。

褒美とばかりに強く重い衝撃が、腸の肉壁を突き抉った。衝撃は肉壁を通して膣に伝わり、二重の悦が波状に襲い来る中。

「ぐッッッッ！」

反り跳ねた赤黒い切っ先が、白濁を噴き上げる。直撃を受けた腸壁が、ネットリへばりつく汁の心地と、見る間に穴を埋められていく充足感とに満たされて――。

「ッあひィィッ、クぅうううッッ!!」

思いきり引き攣れた腸洞が、至福と共に精子を啜り飲む。初めての中出しに恋焦がれ、注がれてない膣洞も痙攣し潮吹いた。

(お腹の中あったかい……！　あァ、これ……ぇっ)

また、癖づいて忘れられなくなる禁忌を味わってしまったのだと思い知る。けれどもはや後悔を覚えることはなく。

「ふぁっ、ア……ッま、だ出て……ンッ、アぁ……ィクッ、またっ、あああっ」

寄せ返してきた悦波に浸かると、意識が飛びそうにもなる。それでも腸洞は間断なく締めついて、脈打っては吹きつける白濁にむせながらも啜り、さらなる射精を促しもする。

「このまま続けていくぞ……！」

吐精しながらの再始動宣言に期待して、悶えた膣が蜜をまたひと吹き。変わらぬ硬さと太さを維持する逸物を腸肉で締め愛でると、彼の内なる滾りも心底伝わった。

（あと何発、何時間……こんな気持ちいいのが続くんだろう）

期待だけに呑まれた女体が疼きを強め、絶頂に咽びながらも貪欲な腰振りを再開させる。ぶり返してきた悦波に溺れ牝腰が引き攣るも、止まれない。

初めてを捧げた尻穴で、数時間前に一度は拒んだ膣内で、白く濁った種汁をまだまだ啜り飲みたい――。願いに憑かれた女体に応えるべく、逸物も再びピストンを速めていった。

8

抜かずのアナルセックス二連戦を終えてから、口で清め終えた逸物を再度膣に受け入れての性交。場所も、身に纏うものも変えず続けたそれも、日付が変わる頃に佳境を迎えた。

ベッドの上で対面座位となり激しく突き上げられるたび、快楽漬けの尻穴がヒクついて、危うく大量に詰まる精子をこぼしそうになる。

「んくっ、ふ……っ、あぁぁっ」

尻穴を引き締めれば膣も締まり、肉棒を絞る。

再び鼓動を強めていた逸物の回転が上がり、幾度となく熱々の玉袋と淫尻とがぶつかって、都度擢りつき合う。

「ぁんっ、あぁ……はあぁっ」

黒下着の裂け目から丸出しの乳頭への愛撫は、キスに始まり、舐り、弾き、そして今は歯先での甘噛みにまで発展していた。

双乳の全部位に唾液でマーキングを施され、昼間の歯形がうっすら残る乳輪周りを再び丹念に舐り転がされる。面映ゆさと悦びと、もう一度噛んで欲しいという願いに起因するわずかばかりの歯痒さ。

すべてに炙られて尖りっぱなしの乳頭を指でも摘まれ、捏ねられ、乳輪に沈めるように押し潰される。

「ひあっあぁァ……ンぅ⁉　あッ……！」

胸の疼きに意識が傾きかけた矢先に、尻へと移動した彼の両手に剥かれて、谷間から窄まりが顔を覗かせた。

「だっ、あァ……出ちゃうぅぅぅっ」

皺を拡げられた肛門が、男の指腹にくすぐられては蠢動する。肛門が内に溜めた白濁汁をいつ噴いてもおかしくない中、男の腰が突き上がり、跨る牝腰が喜悦に痺れた。振り落とされぬよう対面の男の肩にしがみつき、痺れ通しの両乳房は彼の顔へ、挟みつけるようにして預ける。

今日一日で十を超える絶頂を味わい続けてきた女体はどこもかしこも最高感度で、何をしていても快感が高止まりした状態が続く。そこからさらに一段高みに至ろうと、膣洞が奥に居ついた逸物を舐り回す。降りきった子宮の口への絶えないキスが、もうすぐそこにまで巨大悦波を手繰り寄せてもいたから――。

「ひッ、ア、あああっ」

尻の向く先に、何があるかなんて考えもしなかった。

ぶぴゅっ、ぶぽぽっ。あまりに卑猥な音色と共に、開いた肛門が白濁の粘液を噴き出す。それが幼き日の自身と恋人の収まる写真立てを汚しても気づくこともなく、ただ目前の餌に飛びつくことのみに執心した。

「はァッ、あァあッま、た、あぁぁっ」

「このまま出しても構わんなっ！」

滾る逸物の一撃一撃が子宮を蕩かせ、膣内に痺悦を充満させる。

咽び泣く肛門が収縮するたびに白濁を噴いて、寝室に漂う淫臭をより濃くもした。

乳頭を吸われるたび、この肉欲の時間を終えたくないという気持ちが溢れる。それが間違いでないと教えるようにまた、男の歯が乳輪に痕を刻み。

今度こそ、妊娠への不安や恐怖は脳裏をよぎりすらしなかった。

「ひあッあはあぁぁぁあああっ！」

目一杯に引き攣れ絞れた膣肉がせがむ中、応じた逸物が嬉々と脈打ち、何度射出しても一向に薄まらぬ粘々の子種を噴きつける。

(熱々が、出て……るっ。お腹の中にどんどん溜まってくうぅ……！)

直撃した射精の勢いに惚れこんで嬉々と口開いた子宮が、雪崩れこんできたそばから白濁汁を啜り飲んでゆく。

懸命の啜り上げだったものの、吐精の勢いは凄まじく、飲みきれなかった分が膣内へと溢れだす。瞬く間に膣内も白濁の粘性汁で満たされていった。

痺悦真っただ中の襞肉が粘液の波に溺れてさらに一段、悦の高みへと昇りつめていく。

「アッ、ひ……あぁッんッあぁあぁあぁッッ！」

ビシュッ——今も体内で続く射精に負けぬ勢いで、肛門が先の性交の残滓《ざんし》たる白濁をひり漏らす。

尻穴ではなく次も続けてこのまま出して——そう乞うがごとく、射精真っただ中の逸物頬張る膣洞も、絶頂による震え交じりの締めつけを緩めない。

（あ……また、大きく、なっ……たァぁぁ……）

そうして逸物の再起を瞬時に感知して、彼が腰の動きを再開させるのにぴったり揃えて牝尻の揺すりを加速させた。

注がれたばかりの精液が激しく掻き混ざり、猥褻な音色を響かせる。

「このドスケベ淫乱ＪＫが。イクのはこれで何度目だ？」

「わかんなっ、あッあはあぁあッ、だって、先生のおチンチン気持ちよ過ぎるからっ」

「高梨の粗チンより俺のデカマラの方がイイってことかァ？」

「……ッ、はい……っ、もう私コウちゃんのじゃ……物足りないんですっ、先生のっ、先生のじゃないと私ぃ……あ……あああぁあっ、奥っ当たってぇぇぇっ……！」

求められている言葉を理解し、勢い任せに放った瞬間。また、巨大な悦の波がぶり返し、身と心を灼いた。

女体の高止まりしていた快楽を、膣内射精による絶頂が突き破ってしまった結果。以降は度々意識が飛び、記憶も不確かとなった。

ただ、射精される瞬間——男女揃っての絶頂に至る、至福の瞬間についてだけは、逐一しっかりと記憶に残っている。

二度目の膣内射精は、ベッドに四つん這いになっての後背位の末。

「あはぁぁっ、ンちゅッ……ンンンンン……ッッ!!」

肩越しに迫った彼の唇を拒む意識すらなく受け入れて、終いには自ずと舌を絡めていた。唾液を絡めながらの膣内射精。上の口と下の口とで同時に体液を飲む——その怠惰な恍惚に浸りつつの絶頂はまた格別で、痙攣し通しとなった股のすべての穴が再び汁を噴き、繋がる彼の腹部のみならず胸元近くまで濡らしてしまった。

身を清めるため再度入った浴室で、立ったままバックから突きまくられた末の、三度目の腸内射精でも粗相が止まらず。

「すっかり嬉ションが癖づいちまったなぁ。……まぁ、高梨とのセックスじゃそうはならんだろうから、心配するな」

「ふあッ、あッあぁッ、は、ひぃぃっ……」

恥悦に喘ぎながら放尿し、代わりに尻穴へたっぷり注がれる中で、彼の口から言及された恋人への想いを馳せる余裕は微塵もなく。

代わりに、膀胱の解放感と、尻穴の充足感が交錯する絶頂は、腸を緩やかに混ぜる逸物のおかげでやたらと長続きしたことが強く記憶に焼きついている。

放尿が終わってもまだ射精が続いていたことも、その際感じた頼もしさ、喜びと共に忘れない記憶となって身と心に染みついた。

それから淫臭立ちこめる自室に戻って、さらに数時間を費やしての性交が続き——。意識が断ち切られる頻度が増して、幾度目の射精かも数えきれなくなった果てに迎えたラストセックス。

ベッドの上で正常位に繋がるうち、入浴後に結び直したポニーテールはほどけ、背中まである黒の長髪を振り乱して、打ち付ける逸物を受け止め、返す刀で牝尻を押しつける。

もうすっかり軋み慣れたベッドと、そこに敷かれた汁染みだらけのシーツに、早朝のまだ淡く白んだ光がカーテン越しに差しこんでいる。

散々ピストンされた膣穴も、今また指でほじられている最中の尻穴も、共に疲弊し、細かい技巧は抜きに締めつけることのみに注力せざるを得なくなっている——そんな果てに最後の膣内射精は与えられた。

「ア……！　あァ……ッ、ッはァァァ……！」

喘ぎ過ぎて掠れの増した声音に合わせるように、さすがに勢い衰えた種汁がドロドロ緩やかな足取りで膣内を浸していく。

淫汁まみれとなった写真立てがいつの間にか桑原の手によって顔の真横に置かれていたものの、イキ果てるのに夢中で目を向けることすらなく。

「さすがにこの年になると徹夜はきついわ」

ぼやきつつ最後の一滴まで吐き出した逸物を引き抜いて、欠伸《あくび》をかみ殺した彼を前に、股を閉じることも、よだれと涙まみれの顔を覆い隠すこともできなかった。

「夏が終わるまでに、俺以外のチンポじゃイケなくなるよう躾けてやるからな」

（……ごめん、ね……コウちゃん……。私……心は、気持ちは今でもずっとコウちゃんが一番だよ？　……でも、でも身体は、もう……先生のおチンチンに逆らえない、の……）

飲み干せなかった白濁でベトベトの口唇も、挟射された残滓に濡れる双乳も。

収まりきれない種汁をひりこぼしつつも、なお求めて蠢動してしまう膣と腸も。ベッド上に大の字で横たわるほど疲弊してなお恍惚に火照り通しの女体の全部位が、唯一満足させてくれる逸物を手放したくないと訴えかけているのだ。

素直に告げれば応じてもらえる。それが、一晩かけての躾の果てに教わったことだから。

今日は、地区大会の開会式がある。あと二時間ほどでコウと顔を合わせるとわかっていても、口を突く言葉を堪えられない。

「……お願い、します……先生のおちんちんで、また……私を躾けて……ください」

息も絶え絶えに告げると心が軽くなり、宣誓を受けて振り向いた彼の丸眼鏡の奥の眼光とイヤらしいほくそ笑みを浴びて安堵した膣と腸が、もったいなくも種をまたひり漏らす。

けれど喪失感よりも、心身を満たす期待の方がずっと大きい。

「ぁは、ァ……」

中年男とのキスの余韻がまだ残る口唇から、自然と笑み——平素の、野の花を思わせる素朴さとは百八十度違う、だらしのない笑みが漏れ落ちる。

桑原が家を立ち去ってからも、女体に満ちた怠惰な幸福はいつまでも尾を引き、消え去ってはくれなかった。

第四章　夏の終わり

1

七月二十六日、金曜日。外は昨日の快晴とは打って変わってあいにくの曇天だったが、体育館では予定通り野球部の壮行式が執り行われた。

壇上には野球部員全二十名と今野監督、顧問の桑原が横一列に胸張って立ち並ぶ。昨日行われた決勝戦に勝利して念願の甲子園出場を決めた彼らを祝い、激励し、送るための式には全校生徒の他、保護者、地域の人やＯＢも含めて四百人余りが参列した。

午後四時前に始まった式は司会の男性教師による式次第の読み上げ、校長の長話、今野監督による戦勝報告、祝電紹介と滞りなく進み――。

「最後に、野球部主将、高梨コウ君による決意表明です」

午後五時半。司会に促されて列より進み出たコウが、式の最後を飾るべく厳かな面持ちでマイクの置かれた台へと向かった。

決勝戦で一失点完封、十三奪三振の力投を見せたのみならず、サヨナラ安打を放ちもした立役者を、体育館を埋めた聴衆はまず万雷の拍手で出迎える。

「昨日、かっこよかったよー！」

「甲子園にも応援に行くからな！」

拍手の合間には女生徒からの黄色い声と、同級生男子を中心とした野太い声援も混じり、場を賑やかにした。中には「緊張してとちんなよ！」なんて囃しも聞こえてきたが、当のコウは、晴れやかな顔で前を向き、臆することなく堂々とした足取りでマイクへ向かう。

「頑張れよ」

マイクのすぐ脇にいた桑原の前を通り過ぎようとした時、声を掛けられた。少し離れて立つ今野監督も気づかない、すぐ前を歩くコウだけがギリギリ聞き分けられたほどの小声での呟きだったが、内容からそれが自分に向けたものであると理解し、驚きの表情を桑原へと振り向ける。

まさかの人物からの発破掛けに、「聞き間違いじゃないか」と思ったからだ。

だが、女子からはイヤらしい感じがすると評判のニタニタ笑いを浮かべている中年の顔が無言で頷いた。それを目に留めた瞬間。

皆から祝福される場であるという先入観が、違和感を「珍しいこともあるもんだ」

程度に薄めてしまう。それが気味の悪さに先んじた結果。

(嫌々でも試合のたびに同行してくれた。それもまた共に戦ったって言えるんじゃないか)

手前勝手な共有感と、感謝の念を抱かせる。

「あざっす」

マイクに拾われぬよう注意しつつ、桑原に短い言葉と小さな会釈で感謝を示した。

その頭越しに「くっくっ」という桑原特有の忍び笑いが聞こえるも、「それが彼の笑い方。今まさに気遣ってくれたのだから他意はない」——晴れがましい気持ちが曲解させ、気にも留めずに通り過ぎた。

そうしてマイクの前に立ち、第一声。

「本日はお集まりいただき、ありがとうございます!」

病欠の由比にも届けとばかりに声を張る。

(……昨日、汗だくで応援してくれてたからな)

由比のひと月ぶりの風邪は、そのせいだ。風邪を引くに足る状況と、「由比は嘘をつかない」という経験則からくる思いこみが、この日も少年に「疑うこと」を放棄させる。

夢の第一歩である甲子園出場を小学一年の時から共に目指してくれて、ついに叶った昨日、涙ながらに抱き着いてきて「おめでとう」と言ってもくれた由比。

自分は、彼女と交わした約束の一歩めをようやく踏み出したばかりだ。

(甲子園で活躍する——それからプロになって活躍して、大リーグに行く。小さい頃からのお前との約束だもんな……由比。俺、絶対に約束守るから……!)

まだ果てしのない遠くにある夢を見据える少年は、誰よりも近くで見守り続けてきてくれた少女の異変を見過ごしたまま。

それが滑稽に思えて仕方ないからこそ、コウの決意表明を聞く桑原の口元は忍び笑いを堪えられなかった。

2

野球部の壮行式が執り行われている同時刻。由比は自室のベッドに火照る身体を横たえていた。

親や学校には欠席理由として『また熱が出た』と伝えたが、身体が熱っぽい本当の理由はとても話せるものではない。ゆえに嘘をつかざるを得なかった。

「はぁ……っ、ん、くぅ……っ」

悩ましげに熱い息を吐きながら、寝間着代わりのタンクトップを捲り上げ、尖り勃ち通しの左右の乳頭をじかに摘まみねじる。桑原の調教を受ける前であれば苛烈に思えたはずのそれが今や、物足らなさばかりを植えつけた。

焦れに焦れて腰をよじると、ベッドシーツが衣擦れの音を響かせる。それにすら苛立たしさを覚えて乳首を潰す勢いで指に圧を込めるも、結果は変わらず。

（ダメ、やっぱりもう乳首じゃ……代わりにならない……っ！）

膣と尻穴。共に桑原の逸物を頬張った記憶が染みついて離れない穴は、二十四時間絶えず疼き続けている。それこそが女体の熱の原因であり、直接ほじらなければ解消し得ないことも重々承知していた。

「あァ、ッ、弄り、たぃ……イキたい、のに……っ、どぉ、してっ」

膣も尻穴もほじるに飽き足らず、掻きむしりたいとさえ思い、今日も朝から幾度となく両手の指を這わせている。今もまた乳から移動してきた指を湿り気たっぷりの膣口へと突き刺す——そのつもりで勢いつけて突きつけたのに。

カツッ、カツンッ。無情にも金属音が鳴り響き、指先は膣に触れることが叶わず跳ね返されてしまった。下着代わりに纏うことを義務づけられた銀色の金属製装具。前から見ても後ろから見てもT字形をした、それ——桑原が貞操帯と呼んでいた装具が膣口も腸洞も覆い隠していて、じかに触れることを阻んでいるのだ。

「あぁあ……！　く……はぁ、あぁあッ、もぉ、やだぁあっ」

あまつさえ指が跳ね返された際の振動だけが膣と腸洞に伝わって、さらなる疼きと渇望に見舞われる。

(辛いよ、苦しい……。……あと、何日こんな状態が続くの？)

事の始まりは、桑原との夜通しセックスの明くる日。野球部の一員として甲子園出場をかけた地区大会の開会式に参列した後、桑原に呼び出され、生徒指導室に出向いた時のことだ。

『お前には、野球部の夏が終わるまでコイツを着けてもらう』

今朝方まで続いた肉宴の記憶がまだ心身に生々しく残っていて、愚かにも生徒指導室で再び事に及ばれる想像におよび股を潤ませていた矢先の、予想外の命令だった。

『あの……何ですか、これ』

黒革のベルトにT字状の金属部品が付いた見慣れぬ物体を手に取らされた、あの日の自分。先の桑原の言葉から、辛うじてそれが「身に着けるもの」と知り、どこに纏うものなのか、引っくり返したり横に向けたりして悠長に思案していた、過去の自分。

その場で即突っ返さなかったことを、今、後悔してもしきれない。

『貞操帯ってやつだ。野球部が敗退するまで毎日、パンツの代わりに穿いとけ。俺が持ってる鍵がないと、取り外しはできんからな』

貞操帯の前面、T字金属の縦棒部分にある小さな錠を指しつつ告げる桑原の顔には見慣れたイヤらしい笑みが浮かんでいて——不覚にも胸と股の疼きが強まってしまった。そのことも、今にしてみれば後悔の種だ。

(あれで、エッチなものを身に着けることも期待してるって誤解された……)

望んでいたのは、即時の快楽。ただそれだけだったのに。

『え、でも……』

手渡された黒革と金属の物体を穿くことで、望みが叶うのか？

入浴や排泄の際はどうする、そんな然るべき疑念より先に、肉の欲の解消がなせるかどうかを意識した色惚け娘の心情を、表情から易々と読み取ったのだろう。

『貞操帯を着けてる間は、セックスもオナニーもできんぞ』

通達が下る。冷たい響きでありながら、そこには確かに喜悦の色が溢れていた。

『そんっ』

そんなの無理です——！　よっぽどそう言い募りたかったが、衝撃があまりに強過ぎたために上手く口をついて出ない。

昨日から今朝にかけての濃密な時間が、肉欲への傾倒をよりたやすくしていた矢先なだけに。また、コウ率いる野球部が甲子園出場に留まらず勝ち進めると信じているがゆえに、「野球部が敗退するまで」というのは気が遠くなる条件に思えてならない。

『まぁ、願掛けみたいなもんだ。彼氏や野球部のためだと思って我慢しろ』

つい三十分前に終わった開会式で希望に燃えて顔を輝かせていたコウや部活の仲間の話を持ち出されては、反論できなかった。

結局その場で制服のスカートを捲るよう命令され、従ってしまった。桑原の手によりショーツを脱がされ、期待の蜜に濡れる膣穴を視線で犯されつつ、貞操帯を装着させられた。

(なんだか、ゴワゴワする)

初めて身に着けた感想はそんなもので。

むしろ昨日の情事の際と同様、舐めるように土手肉と割れ目を見つめられたこと、それにより卑しくも膣洞全体がときめいたことに意識が向いて、身をくねらせずにいられない。

学び舎で性的昂奮を覚えているということに違和感を覚えられぬほど、身も心も肉の欲に蕩けてしまっていたから――。

『明日からは毎日、時間を作って俺のところへ来い。そしたら一時的に貞操帯を外してやる』

新たな命令に食いついてしまう。

今日は、気持ちよくはしてくれないということ。それにまず落胆し。

けれど、明日の快楽は保証された。そのことに安堵する。

次いで「快楽を与えられることに安堵した」その罪深さに気づいて、コウへの申し訳なさと己に対する情けなさが、一緒くたに襲来する。

(ごめん……なさい……コウちゃん……)

罪悪感からの、もはや幾度目とも知れぬ心の内での謝罪。それはこの日も、股の疼きを相殺するに至らなかった。

翌日からは、野球部の試合があった日はその後、ない日は練習終了後に、欠かさず生徒指導室へ通うようにした。

一日穿き続けた貞操帯を外してもらい、すぐ近くの職員用トイレで用を済ませてから、待ちに待った性的な時間が訪れる。

初日、命じられるままに自ら股を開く瞬間は、さすがに羞恥に身を灼かれ、わずかばかりの逡巡《しゅんじゅん》があったものの。

『あッ！　ああああ……っ!?』

感度が高まりきっている状態の膣に、電気マッサージ器のバイブレーションを宛てがわれたことで、瞬く間に肉の欲に溺れ浸ることができた。

元から汗と蜜に蒸れ火照っていた膣口が振動に震わされ、喜悦を瞬く間に溜めこんでゆく。新たに溢れた蜜が振動に跳ね弾み、いつもより粘り強い水音とバイブ音のハーモニーを追いかけて、程なく絶頂の予感を覚えた涙声が迸った。

（一日我慢した分、すごいのが来る……！）

波打つ下腹部の奥底から駆け上って来る快楽の塊の大きさに息を呑み、期待して自ずと腰を擦りつける。

『あァ……ッ、イッ、イク……ぅぅっ』

あと、ほんの一擦り。わずかな刺激で、至福のひと時を得られる——期待にまみれながら、仕込まれた通りに宣誓をした。

——なのに。電気マッサージ器のスイッチが切られ、振動が止まった。それだけでなく白い砲身を握る手自体が遠くへと退いていった。

『いやッ、いやぁぁっ……イカせて、もう……イカせてくださいぃ……っ』

背に巡る波状の悦波が、切々と窮状を訴える。刺激を失ったことで、牛歩のごとき速度ではあるものの快感が目減りしていく事態に焦り、嘆き、あとほんのわずかで満足できていた女性器が熾烈に疼く。

歯痒い心情は涙目と震え声の他、恥知らずな腰のくねりにも表れた。

『大好きな彼と野球部のために我慢するんだろ？』

ニヤついた彼の顔がこの時ばかりは腹立たしく思え、『そんなことまで約束してない！』——よっぽど、そう怒鳴りつけたかったが。

『ホラ頑張れ。頑張れ』

怒りによって快楽がさらに目減りしたタイミングを狙いすまして、再度スイッチの入った電気マッサージ器が襲来する。お預けから一転、再び激しく摩擦と振動に炙られることとなった蜜壺が、先ほどまで以上の速さで波状の悦波を手繰り寄せ。

『あ……はぁッ、また、ぁイッ……！』

イク——蜜濡れた恥毛をぺっとり貼りつかせた恥丘が、再度シグナルを送りだした瞬間に、また電動バイブレーションのスイッチが切られ、砲身を握る手が退いた。

堪りかねた淫唇に少女自身の手が伸びようとするも、中年教師のもう一方の手が飛んできて叩き落とされる。叩かれた手の甲の痛みに意識がわずかに傾いた直後に、今度は太い人差し指が一本。膣の口を下から上へ、なぞるように這いずって、最も感度の強い肉勃起——包皮から顔を出し待ちわびるクリトリスに触れる直前で離れてゆく。

『あイッ！　あァ……やぁぁっ』

絶頂に駆け上りかけては止められ、波が引けた頃に刺激され、また上り詰めかけては止められる。それの繰り返しで一時間余り。結局一度も至福の境地に達することなく初日を終え、失望と、疼き火照り通しの悩ましい肉体を抱き締めるようにして帰路に就く。

翌日も翌々日も同じ。日を重ねるほど絶頂への欲求は高まり、女体は少しでも早く至れるよう努力しているのに、絶妙なタイミングで愛撫を中断されてしまう。

結果、火照りと焦れだけが蓄積させられて、十日を超える頃には一日の大半を性的な妄想に費やすようにまでなってしまった。

寸止めが開始されてから、今日でほぼひと月。野球部は快進撃を続け、念願の甲子園出場を決めた。喜ばしいことのはずなのに、決勝までの七試合、大半が記憶に残っていない。三回戦頃までは声援を送ることに集中して煩悶を誤魔化そうと努めもしたが、決勝戦の頃には惰性で声出ししているに過ぎなくなっていた。

（コウちゃん……ごめん……ごめんね……）

かつてはコウへの申し訳なさで肉悦への渇望を相殺できた。

コウとの情事しか知らぬ頃には、それをネタに自慰に耽《ふけ》れもした。

――桑原の色に染まり過ぎた今となっては、いずれも望めない。

「イケない……こんなんじゃ、イケないよぉ……」

焦がれを抱えるだけと知りつつ、苛立たしげに爪先で貞操帯の金属面を打ち叩く。案の定疼きうねった牝腰と、貞操帯との隙間に指を滑りこませられないか、無駄と知りながらも挑み続ける。

何もせずにいれば気が狂ってしまいかねない。そんな意識が根付くほどに、身も心も摩耗し、憔悴していた。

だから「どうせイカせてくれない」とわかっていながら、生徒指導室通いもやめられない。行かなければ排泄もできない。そんな建前を利用して、

（もしかしたら何かの拍子にイケるかもしれない）

浅はかな期待にすがっている。

もしもイケたなら、コウの晴れ舞台をしっかり見届けられると思うから。

そのためにもと乳首をなお強く抓ってみたが、桑原に噛まれた時の衝撃には遠く及

ばず。終日、絶頂に溺れることは叶わなかった。

3

八月十七日、土曜日。快晴の下で、野球部の夏は終わった。

一点差での三回戦敗退。九回裏に連投疲れの出たエースの失投を狙い打たれ、二点タイムリーを浴びてのサヨナラ負け。

それがコウたち野球部の遺した最終戦績だった。

「試合には負けたが、今日までのお前たちは本当によくやった。だから明日は胸を張って地元へ帰ろう」

敗戦後、今野監督の言葉に部員は皆、声を張って応えていたものの、宿舎へ帰るバスの中は沈痛な空気に支配され、降車するまで一人として言葉を発しなかった。

(コウちゃん……)

由比もまた重苦しい空気に抗えず、そして何より隣席のコウの泣き腫らした顔を見るほどにかける言葉を見つけられぬまま。ただ、少しでも彼の支えになれればと手を取り、握り続けることしかできなかった。

「由比……ゴメンな。甲子園で活躍するって言ってたのに、あんな負け方して」

やっとコウが言葉を発したのは宿舎の割り当てられた部屋に入る直前。一つ上の階の部屋を割り当てられている由比が名残を惜しんで手を離し、かける言葉をなお探っていた時だった。

やはり、自分の失投が原因で負けたと自責に苛まれているのだろう。ようやく正面から向かい合ってくれた彼の表情は、平静に努めようとしていても沈痛の色が拭いきれておらず、腫れぼったい瞼と充血した瞳がなお痛々しい。

「頑張ってくれたみんなにも申し訳ねぇよ」

「そんなこと……ない。コウちゃんは頑張ったよ！」

夢の舞台にかけた彼のたゆまぬ努力は、今日の敗戦一つで否定されるものじゃない。謝る必要なんてない。

そんな想いが、励ましの言葉を紡がせた。

（ずっと一緒に夢を追いかけてきたんだから）

その日々を否定したくない気持ちは、少女の内にもまだ確かにある。

「それにまだ夢は終わりじゃない……よね？　小学一年のコウちゃんは『すげぇピッチャーになってやる』って。大リーガーにもなるんだって言ったんだよ。そのための道は、甲子園だけじゃないでしょ？」

それ

けれど、昔の誓いを持ち出してまで続けた励ましには、空虚を覚えてしまう、それはなぜか。

答えは、今日も貞操帯に包まれ火照り通しの股肉が知っていた。腰がくねりそうになるのをコウの前では必死に堪えねばならない、そのことに何よりも今、頭を悩ませてしまっている。煩悶に苛まれながら観た敗戦の記憶は、あまりに不確かだ。

（今日だけじゃない。一回戦も二回戦も……甲子園に来てからずっと、うぅん、その前からずっと、ずっと……私は）

自慰を禁じられ、日々密かに絶頂間際まで桑原に責められては寸止めされ――朝から晩まで中年教師とのセックス欲求が脳裏を占めるようになってしまっていた。単に甲子園に来てからの試合内容には言及できないから、昔の誓いを持ち出したのだ。事実を噛み締めるほど、己を恥じずにいられない。

二人で夢見た晴れ舞台の最後をろくに記憶できていない、そんな自分の励ましに果たして意味はあるのだろうか。疑いを顔に出せば、なお効果は不確かなものになるだろう。だから、後ろ暗さに苛まれても「案じ励ます女」をやめるわけにいかない。

「……そう、だよな。ここで、終わりじゃないんだ。ありがとう由比。……俺、明日からまた頑張るわ」

たとえ誤魔化しから出た励ましであろうと、コウが笑顔を取り戻して前を向く気持ちになってくれた、それだけは救いだ。吹っきれた顔で部屋に入っていった彼の背を見届けた時には、確かにそう思えていた。

「キスの一つもしないのか、アイツは」

なのに、低くイヤらしい声が背後から聞こえた瞬間。女体のあらゆる部位がさらに熱孕み、期待の蜜が淫門内に溢れ返る。

「まぁもうアイツのお子様キスじゃ、お前は満足しないもんな」

「……！　そんっ……なことは……」

立ち直る一歩を踏み出したばかりのコウを馬鹿にされ、さすがに腹が立つ。怒鳴りつけてやろうと振り向き桑原のニタつきを目にした途端、湧いたばかりの怒りは女芯の疼きに押し負けた。

「今さら取り繕っても意味ないだろ」

笑いながら触れてきた彼の手。日々淫具を操り、時にはじかに膣や尻穴をほじり回しながらも絶対に絶頂には導いてくれない憎らしいその指に頬を撫でられ、かつてはコウに触られた時にしか覚えなかったときめきが胸を打つ。顎を上向かされると、当たり前に瞼が閉じた。

「ん！　んん！」

口づけるや激しく舌を絡めてくる桑原。そのネチネチと執拗な舌遣いに馴染み、溺れて久しい少女の口唇に悦びの熱がまた染みてゆく。応戦して彼の歯先や頬裏を舌で舐れば、互いの唾が混濁する。それを言われるまでもなく啜り、ヌルつきの増した舌をなお絡め合う。

（ベロ、すりすりされるの……好き……ダメ、我慢……できないよぉ）

舌と舌を擦り合わせては喜悦に震え、唾を嚥下しては心の充足を感じる。舌の先っぽ同士で突っつき合えば、じかにせっつかれたわけでないのに膣がまた嬉々と蜜蓄え、下腹部の波打ちと連動して尻穴の忙しないヒクつきが続く。

「……ぷぁ……ぁ……やぁぁ」

唇を離されて、真っ先に覚えるのは喪失感だ。互いの唇を結ぶ唾液の糸筋が自重でプツリと途切れる、その一部始終を切ない眼差しで見届けてしまう。

「キスしただけでそんな顔になるくらい、お前はもうドスケベになってるんだよ」

宿舎の廊下に鏡はないが、桑原の肩越し、窓に映し見ることで己の表情を直視する。

耳から頬にかけては桜色を通り越して赤により近い火照りに染まり、刺激を失ったばかりの口唇は閉じることを忘れて、よだれの海に浸る舌がより赤々と覗いていた。いつしか半目に開いていた瞳は涙に濡れ蕩け、桑原の次なる行動に期待している。

(……イヤらしい、顔……)

それが自分の顔であると、今は素直に認めることができた。

「飯食ったらすぐに俺の部屋に来い」

肩を軽く揉まれた、それだけで記憶の蘇った乳房が、ブラカップに熱を吐きつける。勃起した乳首が自ずとカップの裏地を押し上げて、窓に映る顔が淫蕩に緩む。

「今日まで我慢したご褒美に、たっぷりよがらせてやるからな」

「は……っ、ぃ……ッッ」

耳元で囁かれ、胸の高鳴りも、股の疼きも高止まりする。背に奔った恍惚の甘露さに膝が笑うも、窓に映る淫貌は去りゆく男の背を恋しげに見据え続けていた。

4

「おお、今日も蒸れ蒸れだな」

開錠された貞操帯を、中年教師の手によってはずされる。

「は、ぁあ……っ」

一日ぶりに露わとなった股肉が解放感に身震いし、溜めに溜めた濃密な匂い——汗と蜜汁の甘酸っぱい醸成臭を室内に振り撒いた。まじまじ間近で視姦される悦びにも酔わされ、間もなく訪れるであろう肉欲の時間への期待が一層膣肉を疼かせる。

この日の彼が用意していたのは「チアガールの衣装」だった。手渡された中に白のハイソックスはあったが、下着の類は一切ない。

(すぐにまた、お股を覆わなくていいんだ)

本来であれば恥じらい惑うべきところを、まず安堵し、即時の愛撫や挿入への期待が高まる。じかに袖なしの上着とスカートを身に纏わせる間も、股の前の穴はとろみの強い蜜を垂らしていたし、後ろの穴は昨夜のバイブ愛撫を思い出して忙しない開閉を続けていた。

「似合ってるぞ、橘」

「……っ、あ、ありがとう、ございます……」

褒められたことよりも、ただただ早く逸物に触れたい。女体の疼きを鎮めてくれる淫棒を一刻も早く頬張りたくて堪らない。

「もし、俺を先にイカせられたら好きな穴にぶちこんでやるぞ」

（好きな穴？　前と、後ろ……そんなの選べない。どっちにも欲しい……！）

下半身だけ丸出しとなってベッドに仰向けに寝た桑原の手招きに応じる形で、彼を跨ぐ。当たり前に逸物の方に顔を向けて中年男の身体の上に寝そべり終えるや否や、すでに天を突いている怒張を手に取って、愛しげにそっと握りこむ。手中に伝わる鼓動と熱気の逞しさに、期待は天井知らずに高まってゆく。

（これがもうすぐ私の……お口に、お股に、お尻の穴にも入って、くる……！）

ゴツゴツの形状。肉の弾力と芯棒の硬さを併せ持つ独特の触感。手で、口で、膣と尻穴で記憶しているそれらが一気呵成に攻めかかり、口腔《こうこう》は自然とよだれで溢れ返る。呼吸の妨げになるほどの量であるそれは潤滑油でもあるため、飲み下すことなく溜めたまま。

「ン……ちゅっ」

たっぷり塗りつけてやるつもりで見据えた逸物の突端へと、口づける。それ自体は挨拶代わりの、柔らかな接触でしかなかったが――。

汗の辛さに混じるわずかな苦みが唾液の海に溶けこんで、生臭い牡臭を鼻腔が目一杯吸いこんだ。

（ひと月ぶりの、おちんちんの味と……匂い……）

溶けて薄まったとはいえ、それが今口の中にあるのだ。潤滑油として活用するつもりだった唾液ごと片っ端から嚥下せずにいられなかった。

「おいおい、一人で盛り上がるんじゃないぞ」

「んぅぅっ」

鼻で笑った桑原の腰がわずかに突き出され、頬裏を浅く押された。催促の意思こもるそれにすら恍惚覚え、口中に改めてなみなみと唾が溜まる。

(はい。頑張ってお口で奉仕します。だから……目一杯硬くしたおちんちんで……可愛がってください)

早くもヌルヌルの汁を漏らし始めた亀頭から口を離す代わりに、潤む瞳で意思を伝えた。心得たとばかりに退けていく逸物を追い、口唇を被せてゆく。

「ん……っ、ふ……ン、んんんっ」

喉元まで呑み終えてすぐ、カリ首のところを口唇で食みつける。

「おっ……!」

野太い呻きに続いて漏れた先走り汁を啜りながら、竿握る手を上下させる。右手が逸物摩擦に興じる間、左手は竿に劣らず熱々の玉袋をやんわり揉みこんだ。

「……ひと月ぶりだが、教えたことはちゃんと覚えてるようだな……」

褒美とばかりに、中年教師が顔の真上に位置しているチア衣装のスカートに手を忍ばせる。迷うことなく尻の谷間に着地した太い人差し指が、滑るように移動して、期待に疼いていた肛門に触れた。

「んふぅっ」

コチョコチョと柔い刺激を与えられる。それもまた催促なのだと理解して、歯痒さ、唾に溶けた牡の味でどうにか相殺し、再度口淫に集中する。

（いっぱい舐めて気持ちよくしてあげれば、その分私の方も思いっきり……お股も、お尻だって、全部。全部気持ちよくしてもらえる……）

約束通り、野球部の夏が終わるまで我慢しきったのだから。

「ン……ッ、ちゅ、ちゅ、ぅうっ」

一旦口から出した肉竿、その、すでに唾液でベトベトの横っ面を、根元から順に吸いつき、丁寧にヌメりを舐り取ってゆく。時には啄むようにキスの雨を降らせ、刺激が一律にならぬよう意識した。

（先生だって、ひと月我慢してきて……早く入れたくなってる、はずだもん……）

尿道口がパクついて先走り汁を絶えず染み出させていることも、いつもより早く男根が忙しなく脈動を強めていることも、彼の高揚ぶりの証だ。

確信を持ったうえで、より煽り立ててやるつもりで、亀頭を集中的に責めてやる。舌先で転がすように舐るのをメインに、時に弾き、時に尿道口を狙って啄んでは、さらなる先走り汁をひり出させる。

（もっと苦くて生臭いの、欲しい……。先生のおちんちん……早く、欲しい……！）

さらに熱溜めて汗ばみだした玉袋にまで舌を伸ばし、皺の一本一本を丁寧に舐り上げて、内で生成されている種汁の早期射出を催促する。竿を扱いていた右手を彼の尻の谷へと差しこみ、程なく見つけた肛門を指腹でほぐすように捏ね愛でた。

手から解放した肉棒は、根元まで思いきり口唇に呑み含める。鼻先が黒々した陰毛に埋もれてすぐ、一気に引き抜いて、凶悪にエラ張るカリを口唇で食みつけた。二巡目からは裏筋を舌で舐りながら、同様の工程を踏む。

「オイオイオイ、こりゃまた激しいな。俺を先にイカせたら好きな穴にチンコ入れてやると言ったが、そんなに必死になるほど欲しいか？」

（欲しい。どっちの穴でもいいから、早く先生のおちんちんハメて欲しいです……！）

喜色に惚けながら告げられた男の言葉に即時頷いて、鼻の下を伸ばし、必死に口唇を吸いつかせる。そのさなかにあっても、目はずっと逸物に向いたまま。

「ククっ、なら、俺も負けてられないな」

宣言するや揉まれた尻たぶに、ひと月以上寸止めを食らっている悦波が早々に波及していく。問いかけには、媚びたっぷりの尻振りでもって応えた。

「んぷっ、ふぅ……ッ、ふーっ、ふぅぅ……！」

発情した獣さながらの鼻息を発しながら、一心不乱に男性器を頬張り続ける。舐り回しては染み出す先走りを啜り、さらなる期待に憑かれた喉を鳴らした。どんなに夢中になっても歯を立てぬよう留意する。最初のひと月で仕込まれ身に染みついた教えを遵守しつつ、逐一逸物の反応を確かめ、より良い刺激法を探求した。

時同じくして、男の手が牝尻肉を左右に割り——感知した次の瞬間にはもう、蜜壺へと彼の肉厚な唇が啜りついている。

「んァッ！　あァ！」

とっくに包皮を脱いで尖り勃っていたクリトリスを舌先で舐り転がされ、痛切な悦の痺れが腰の芯を襲う。

堪らず舌奉仕を中断しかけるも、今度は踏ん張り、お返しの尿道ほじりを施した。

そのさらにお返しとして、男の左手の人差し指と中指が揃えて尻穴に突きこまれる。昨夜のバイブとは違う温みと肉感に、腸洞全体が嬉々と締まり、より奥に刺激を引きこむべく蠕動する。

（あ……ッ！　……イイ！　そこっ……クリ舐め好きぃぃ……！　お尻もマ○コも、もっとズボズボしてぇっ!!）

舌がクリトリスにかかっている間は膣門にも、男の右手指がほじりつき、溜まった蜜ごと襞肉を掻き捏ねてくれた。

どれも待ち望んだ絶頂を手繰り寄せるに十分の快感で、せっかく止めずに済んだ舌での亀頭舐りに集中できなくなる。ただ舐りついているだけではイカせられない。わかっているのに、ひと月分の我慢が上乗せされた肉の悦びに抗えず。

（ああ……もぉ……イキ、そっ……ぉ、イクぅっ……！）

腰の芯から巨大な波が迫り来る予感に、身震いする。蕩け惚けた淫貌が喜色に緩んでだらしなさを増した――そのタイミングで、桑原の手と舌が止まった。

「あ……やっ、やああっ」

「感じるのはいいが、口がお留守になってるぞ。そんなんじゃイカせてはやれんなぁ」

股に迸る喜悦の痺れに溺れるあまり、口淫奉仕が疎《おろそ》かになりつつあった。気づかせてくれた桑原の言葉は、苦言でありながら喜色にまみれている。

（やっぱり、この人は卑怯で……意地悪だ）

我慢に我慢を重ねた末に肉悦の只中へ放り込んでおきながら、なお我慢を要求する。

先に自分だけ果てさせろと言う。今日こそはもらえると思っていた褒美を目前に「肉オナホ」が拒めるわけがないと知ったうえで、言っているのだ。

(早く、っ。早くイって……これ以上焦らされたら、私、気が狂っちゃう……！)

肉の欲により飼い馴らされた心身が、従順に傅《かしず》き、より早く確実に褒美を賜る道を選び取る。

チア衣装の前を自ら捲り上げ、露出した乳の谷間へと、熱々の逸物を招き、挟みつける。いつ暴発してもおかしくない逸物の内なる滾りを肌で感じつつ、脇を締めて圧を強めた乳で擦り愛でてゆく。

「お、おう……いいぞ……もう……出る……っ」

わかっているな、と丸眼鏡の奥の眼が告げている。

「んぢゅううううっ」

谷間から亀頭が顔を出した瞬間を狙って口唇を啜りつかせた。

「ッッ！　出す……ぞっ、出す……うぅうっ！」

先に果てる危険を顧みずに勃起乳首を肉竿に擦り当て、乳摩擦にアクセントを加える。激しく鼓動を刻む逸物を、汗ばみ弾む乳で押さえつけると同時に、カリを口唇で締めつけ、舌先で尿道口をほじり舐った。

（乳首、イイ……イキそぉ……あぁ、出して、お口の中……っ、早くっ！　ひと月ぶりの濃いのっ、飲ませてぇぇぇっ！）

再来する絶頂予感を唾ごと嚥下して切に願った直後に、口中の肉幹が一際強く、切なげに脈を打つ。尿道口が開いたのを舌先が感知する。瞬きの間もなく、大量の白濁が唾の上を駆け抜け、喉元へと吹きつけた。

「んぶうっ　んッ、ンン……ッ！　んふぅっ、ンン……！」

待ちに待った苦い味わいと、濃厚な臭気に眩まされる。喉に滴りながらなかなかへばりついて剥がれない粘着力にも息苦しさを覚えつつも、あとからあとから唾が湧き、それに溶かしこむことで、射出されたそばから飲み下す。

それでも吐精の勢いが勝り、瞬く間に狭い口腔内に白濁が満ち溢れる。

（ダメ、飲みきれない、こぼれ……イッ、イク……ぅ！）

否応なく膨れた頬を持て余す一方で、口腔に立ちこめる濃厚汁の匂いと苦みにあてられて抑え難い高みへと押し上げられるのを覚悟した、まさにその瞬間。

「……くっ」

呻いた男が腰を引き、逸物を口腔内より抜き去った。まだ目一杯膨れて射精中だった肉勃起の切っ先から弧を描き飛んだ粘性汁が、次々に肉オナホの蕩け顔を白に染め

んっ
くちゅ♥
はっ
くちゅ♥
ズポッ♥
ズポッ♥
にゅぷっ♥
にゅぷっ♥

あげる。

ペニス一本分の余裕が生じたことで精液を吐かずに済んだ喉が鳴る。

「ン……ッ！　はぁッ、はぁぁっ……あぁッ……」

口内の種汁を一気に飲み下して、精子臭くなった息を荒く吐き連ねる。絶頂を踏みとどまった身に宿る煩悶と息苦しさが解消されぬ中、一足先に解放された口唇が無意識に舐めずり、鼻筋から口元へと垂れてきた白濁をも啜り飲む。

口の中に出された分も含めて飲みきったはずだが、頬裏にも、歯にも、喉元にもまだ粘つく感覚が濃く残っている。

（……きっと……もう一生取れないんだ）

馬鹿げた想像がギリギリ踏みとどめた至福を再度手繰り寄せんとする。震えた拍子に鼻筋からまた白濁が滴って口腔内に入り、それにも背を押されたが、唇を噛んでどうにかやり過ごす。

（これで、やっと……おちんちん、もらえる。先生の、入れてもらえる……！）

まだ粘りに絡まれて動きの鈍い舌に鞭打った。

「先生っ、言われた通り私、先生をイカせました……だから、だから……っ」

何を告げられるかわかっていればこそ、桑原は口を挟まない。乞いすがる口に負けず劣らず精子臭いペニスをしまうこともなく、天突く雄姿を見せびらかしている。

「早く……早くここに、先生の逞しいチンコを入れてください……！」

理解したうえで、少女もまた期待された通りの挙動に準じた。

尻を振り向け、彼の好きな立ちバックでの結合をねだる。尻穴も捨て難かったが、経験で勝り、より彼を楽しませられる自信のある淫穴——今も大量の蜜に溢れ返っている膣口を己が指で割り開き見せつけながら、白濁化粧を施された淫貌を自然と溢れた涙で濡らし、懇願した。

その結果は——。

「ははッ」

乾いた響きの、けれど満足げな嘲笑。

「もう我慢できんほどに、俺のチンコが欲しいんだな？　そのビショビショの淫乱JKマ○コにか！」

「は、はいっ。欲しいです、先生のおちんちん……！　早く私のマ○コにハメてズボズボしてください……！」

萎え知らずの逸物を握り締めて見せつけている彼の気が変わらぬうち——。そんな一心で被せ気味の返答をする。彼の発した「マ○コ」という単語を復唱すると、子宮が堪らなく疼いた。その甘露が、自然と媚びたっぷりの上目遣いとなって男を誘う。

（だって……先生のおちんちん、あんなに、大きい……）

目線を彼の顔から下げて、パンパンに張り詰め反り返っている肉棒を眺める。今日はどんな体位で抱かれるのか、どんなプレイを施されるのかと、卑しい妄想が次々湧いて、すでに蕩けきっている膣洞が悦びの収縮に興じた。

尻穴が皺を寄せて窄まったのと相前後して、膣口から垂れ滴った蜜が床に淫水溜まりを形成する。そこから漂う淫臭も、確実に男の鼻に届き、期待を煽っている。

切なくも恋しい想いの丈を腰振りで体現すれば、淫臭は掻き混ざり、舞い上がって、彼の逸物もなお一層雄々しき脈を打つ。

まだ精液をこびりつかせてヌルヌルのその弾頭で、早く思いきり擦り上げられたい。締めつくそばから引き剥がされ、それでもなおすがり吸着する——間もなく実現する膣内の有様を想像して、それだけでまた再来した悦波に攫《さら》われかけた。

「マ○コ、もう奥の方までトロトロです……。おちんちん入れる準備できてますから……お願いします……っ」

改めて腰を突き出し直し、指先で摘まんだ陰唇を引っ張り開いて、膣内のサーモンピンクの粘膜までをも見せつける。

（先生にはもう全部、見られちゃってるから）

コウにはとてもできない破廉恥な挙動も、躊躇せずできてしまう。無様に乞うほど喜んでもらえるのだから、卑しい心情のすべてをさらけ出して構わないのだ。

図らずも奇妙な解放感を植えつけられながら、想いの丈を吐き出し終える。

「素直に言えた肉オナホに、ご褒美だ」

間を置かず発せられた褒め言葉。次いで頭を撫であやされ、温かい気持ちまでもが胸内に充満し始め――ますます、彼から目を離せなくなった。

尻のすぐ先にまで迫った逸物は、もう確実に挿入してもらえるだろう。なればこそ、彼の表情に注目する。

（あ……おちんちん入れるのと同時に、キス……する気だ）

舌舐めずりした相手の意図を読み解いて、期待に弾む胸の先っぽをより尖らせ、目を瞑った。

（まだ顔、精子だらけなのにどうしよう。お口とマ〇コの同時キス……そんなことされたら、私絶対イッちゃう。すぐにイッちゃうよぉ……）

絶頂に痙攣する膣壁に締め上げられても、きっと桑原はピストンの勢いを緩めない。そうしてまた朝まで、前の穴も後ろの穴も、口も、胸も――女体のすべてが鳴かされ、満足を超えた幸福に溺れられるのだ。
「あァ…………ッ」
ピトッと膣口に亀頭が寄り添った。それだけで下腹が波打ち、締まった膣の口から
また蜜が一筋、自身の内腿を伝い滴った。ハイソックスに染みたその汁の甘酸っぱさ
に誘われるように、蜜源へと亀頭が侵攻を果たす――。
そうなるはずだった瞬間に、野暮な音。来客を告げるインターホンの音色が寝室ま
で鳴り届く。音の出元――玄関に、結合直前の男女の目が同時に向いた。
「……誰が来たのか見てくる。ちょっと待ってろ」
告げた桑原の声には苛立たしさがこもっている。それだけ彼も求めてくれていたん
だと、不純な喜びを覚えたのもつかの間。
「あっ……」
背を向けるや、そそくさとバスローブだけ羽織り部屋を出ていく中年教師に思わず
手を伸ばしかけるも、それ以上何もできなかった。
(きたのは、誰――?)
桑原を嫌う野球部員たちが訪ねてくるとは考え難いから、順当にいけば今野監督か。
宿の従業員かもしれない。

（声、抑えてないと私がいることバレちゃう……）

桑原との秘密の関係が露見することへの危機感は当然あり、懸命に息を殺す間中、命綱なしで高所の綱渡りをさせられているような猛烈な恐怖感がつきまとう。

けれどそれにも増して、生ペニス挿入を寸前でお預けされた欲求不満が、爆発的に膨れ上がり、女体を駆け巡っていた。

募る苛立ちごと声を殺そうと噛んだ指の爪の、硬質な触感すら憎らしい。

（早く……戻ってきて。先生。……おちんちん。私の……）

桑原は寝室の戸をちゃんと閉めていってくれている。声さえ出さなければ、やり過ごせるはずだ。そう思い、そろりと床に尻をつく。

静寂が、余計に時間を長く感じさせる。もう何分経ったのか、それともさして経っていないのか。時間を確認するために、脱いだ制服の上に置きっぱなしのスマホへ手を伸ばすことすら静寂を守るうえでは難しい。

それでも視線はスマホに引き寄せられ——そうして、制服のそばに脱ぎ捨てられた銀色の貞操帯に目が留まる。

（……アレを着けさせられた期間は、本当に地獄だった。もう我慢するのは嫌！）

今は解放され、その気になればいつでも己が指を股穴に這わせられる状況にある。

（先生は……まだ。戻って、こない……っ）

焦れに焦れた蜜壺も、褒美もらう直前で再度お預けを食らった肛門も、今すぐの刺激を欲して疼きを強めていた。

「ン……ぢゅっ、ンふぅぅ……っ」

顔にへばりついている精液を、指で掬っては口に含み、吸い舐る。顔中の精液を舐り飲み終えると、一層の焦燥と渇望が胸を衝く。

（でも、先生以外の人が近くにいる。声出したら、気づかれるかも……）

危機的状況を再認識しようと反芻したそれらも、女体の煩悶を押し戻すには至らず。

（こんな状況でオナニーなんて……でも、でも……！　今はそんなの、どうだっていい……！）

膝立ちになって、両手をスカートに潜らせる。右手を前から蜜壺に、左手指を後ろから肛門へと、一目散に触れさせた。

「ン……！」

肉棒を待って潤んでいた膣口が、くちゅ、と悦びの音を発して、指を出迎えてくれる。その瞬間に疼きも高まり、指先がさらなる行動に移るのを止められなかった。

「ふ、ぁ……あぁ……っ」

遠慮がちにさすっただけで恍惚の痺れが腰の芯へと届き、早々にタガの外れた指が好き放題に割れ目を突きほじり始め。小さかった攪拌音は見る間に派手に、卑猥な響きに変容していった。

（イイ……あぁ、イキ、たい……！　人が近くにいたって、構わない。イケるなら、もうなんでも……っ）

ペニス頬張るはずだった膣門に指二本を揃えて突き入れる。無数の襞肉が折り重なる複雑な形状の肉壁を手早く擦り掻く。同時に膣よりも温い排泄穴もほじり回せば、早くも背に喜悦の予兆が奔った。

「ア……っふ！　ンン……ッ、ふーッ、フっ……アぁぁ……！」

半開きの両眼から頬へ、嬉し涙が伝う。開き通しの口唇からはよだれがこぼれ、穿り回す淫穴二つから迸る攪拌音と恍惚の波が、こぞってひと月ぶりの至福へと押し上げんとしてくれている。

（マ○コ、お尻……気持ちイイ……！　この、ままっ……あぁ、イク、ぅうっ）

前のめりに上体を倒し、下半身の刺激のみに意識を集中させていた。

久方ぶりの至福の瞬間への渇望が、他のすべての情報を遮断してしまっていた。

指ほじりに没頭するほどに、得られる悦びが膨らむ、そんな気さえしていたから。

「何勝手なことしてるんだ?」

だから、声を掛けられるまで、戻ってきた人の気配に気づけなかった。

「自分でイっていいなんて、許した覚えはないぞ」

腕組みをした、バスローブ姿の中年男。教師であり、今は主人でもある彼の表情は、険しい。親しくない者が見れば無表情、あるいは素っ気なくしか映らぬであろうそこから、肉奴隷として仕えてきた少女だけは心情を見抜くことができた。

「せっかく今日まで我慢したご褒美にたっぷりとイカせてやろうと思ってたのにな。約束はなしだ。二学期が始まるまで貞操帯を着けていろ」

冷酷に告げられてようやく、色惚けていた脳が事の重大さに震え上がる。

(二学期まで、なんて……夏が終わるまでずっと、この生殺しが続くってこと? そんなのっ)

絶対に耐えられない。正気を保てるはずもない。

「……ごめんなさい。肉オナホの立場も弁《わきま》えず勝手をして、すみませんでした……」

浅はかな行動に出た後悔に突き動かされ、寝室の絨毯に土下座した。

自尊心はとうに打ち砕かれていたし、気持ちをより上手に伝えられる手段が思い浮かばなかったから、短いスカートから尻が露出し、ほじりたての肛門が物欲しげにヒクつくのもわかっていたけれど、何も恥ずかしいとは思わない。許してもらえるまで顔を上げないつもりで額を絨毯に擦りつける。

「なんでもしますから、どうか……どうか先生のおチンポを、私に入れてください」

それは心からの言葉に違いなかった。

「なんでも、か。なら……偽りのない本心を聞かせろ」

なればこそ、「本心を聞かせろ」という言葉に狼狽える。

（これ以上何を言えば、どうしたら、先生に許してもらえるの……？）

「お前が甲子園まで来た、本当の理由を言ってみろ。彼氏や野球部の応援のため……じゃねぇよなァ」

（……あ……）

そういうことか。狼狽えが納得に変わった。

（先生には見抜かれてたんだ。私の、本当の……気持ち）

肉オナホを仕込んだ張本人なのだから、それも当然だ。納得したがゆえに恥じらいはやはり生じず、何もかもぶちまけてしまえる解放感と、そうすれば抱いてもらえるという期待だけが瞬く間に胸の内を占拠した。

（コウちゃん……みんな……ごめんね……）

この期に及んでは、罪悪感さえも生じない。

ただ一刻も早くペニスを挿入して欲しい一心で、桑原好みの誓願の仕方はどんなものか、それだけに頭を悩ませた。

程なく一つのアイデアが思い浮かび、ベッドの上に仰向けで寝転がる。チア衣装のスカートは悩んだ末に穿いたまま腰に生地を捻《ね》じって巻き取り、短く収める。そうして股間を覆うものが一切ない状態を作り上げてから再度、まだ粘つく舌を滑らせた。

「私……先生とのセックスがしたくて、ここまで来ました。今日だって応援よりも、先生に早くハメられたいって、そのことばかり考えてました……」

大股を開き、さらに膣口を指で割り開く。そうして膣の内粘膜と、被虐に悦覚えて窄まった肛門も余さず見える姿勢を堅持して、「本心」を打ち明けた。

「今さっきも、ほんの少し目を離されただけでオナニーしようとする淫乱ダメオナホです。だから……だからどうか……っ、先生のおチンポで躾け直してくださいッッ」

言い終えた瞬間に、また悦波に見舞われて呻いた膣口が蜜を垂れこぼす。

女性器の内側までも望んで覗かせる。これ以上ない屈服の表現をし続ける中で、蜜は止め処もなく漏れ続けまた刻一刻と悦の高みが迫ってくる。それでも今度こそ、淫膣は服従の意を示してただひたすらに待ちわびる。

「やっと素直になれたな、橘」

ほくそ笑んだ彼がバスローブを脱ぎ捨て、全裸となって歩み寄ってきてくれる。その姿に胸と股間の奥が高鳴り、嬉し涙で視界が滲んだ。

「じゃあ……俺専用オナホにチンコを恵んでやるとするか」

告げるや勃起肉棒が蜜壺へと押しつけられた。その逞しい触感は、やはり指とは比べ物にならない。

口唇よりも先にキスを済ませた陰唇が、嬉々と疼いてパクつき、亀頭を舐る。喜悦の波は早くも腰の芯を脅かしていて、口唇と、その内で歯をきつく噛み締めて堪えねばならなかったが、なぜだか悶々とした感覚に心の充足が勝っていた。

(やった……やっと入れてもらえる)

こんな幸せな事態よりも指での絶頂を選ぼうとしたことを、改めて後悔する。

「ア……ッ」

カリ首が陰唇を割って、浅く膣内にこじ入った。

恋人であるコウのモノよりもずっと馴染み親しんだ、なれど一か月以上ぶりの逸物の到来に、膣肉が嬉々と引き攣れる。

(ずっと入れて欲しかった先生のおちんちん、入って……きた、ぁ……!)

一番太いカリの部分が収まれば、後はもう汁気たっぷりの膣肉の蠕動の成すままだ。

「ア！　ンあッあああぁぁぁッッ!!」

蠕動により波打つ蜜の流れに乗って一気に、逸物が膣奥へと突き潜る。桑原の腰の勢いも相まって、彼の腹肉と肉オナホの恥丘とがぶつかり、乾いた音を発した。それと同時に、とうに産道を降りていた子宮の口を亀頭が叩く。

擦り上げられた膣襞に奔る悦波も、突き叩かれた子袋の口に轟く痺悦も、もう堪えなくていい。そう意識した瞬間に、二つの悦は大きな一つの塊となって女芯に突き刺さった。

「えぐられてるぅっ、私のお腹の中、先生の大きいのでえぐられてます……ッッ」

懐かしくも恋しい衝動に揺さぶられた牝腰が壊れた玩具のごとく前後に震えだすも、肉オナホとしての職分を忘れぬ膣は逸物を――至福を授けてくれた最愛の存在を引き攣れながらも締め上げる。

締まりに感じ入るため腰を止めた桑原の代わりに、お互いに感じる部分はどこか探ろうとすれば、自然に腰は前後左右に忙しなく揺り動く。

正常位での結合ゆえに可動範囲は限られるが、それでも腰を浮かせるなどして、次第次第に腰の振りは大胆になっていく。

「ぁ、はッああ……奥っ当たッ、あッああァッ、あ……〜〜〜〜ッッ！！」

本来は寄せては返す絶頂の波が、ペニスの抜き挿しを続けることで一向に引かず、女芯を突き揺すり続ける。繰り返し訪れる小さな絶頂に攫われるたび、視界が白熱に包まれ、意識が飛びかける。それでも痺悦に喘ぐ牝腰はさらなる摩擦悦を欲した。

「はは、すごい締めつけだ。マ〇コ全体が俺のチンコ欲しがってるの、よくわかるぞぉ。ずっとこれが欲しかったんだな？」

「はい……っ！　先生のおちんちんずっとっ、入れて欲しかったです……！」

認めた途端に涙が溢れ、締まりをなくした口腔からよだれが滴る。

間近に迫った中年の唇によだれを舐め取られながら、彼の腰に両脚を絡めれば、ますます猛った亀頭の突きを子宮の口が幾たびも浴びた。

「は、ぁひィっ、はッ、あぁあッ、ま、たぁっ、イクぅっ、イキますぅっ」

身のみならず心まで満たされた状態で、なおも腰を振って貪る恍惚は、この世のすべてと引き換えにしてもいいと思えるほどに甘美だった。

「彼氏が試合に向けて頑張ってる中、ずっとお前は俺のチンコのことばかり考えてたんだな？」

確認するように告げながら手を握ってきた先生。その力強い引きに招かれるまま上体を起こし、彼の小太りの腹に両手のひらを落ち着けた。

「はぅッ!! あはァァ……ッッ!!」

騎乗位に転じたことで膣内のペニスの角度が変わり、先ほどまでとは違う中腹辺りを抉り擦られる。果てたばかりで蜜にまみれ、ほぐれきった膣肉が再び嬉々と締めつけを強め。

「は、ぃッッ! ぁは……はぁッ、そぅですっ、ずっと、先生のおちんちんでマ○コズボズボされることばかり考えてました……ぁ」

初めて繋がった日に教えこまれた膣内の性感帯。ちょうどそこに擦れた偶然に心までもが随喜する。

「クク、橘。お前は悪い女だなァ」

罵りながらもニタニタ笑いと、逸物の鼓動を堪えられないでいる先生。

それ以上に、新たな刺激を欲した牝尻の我慢は限界だった。

「彼氏と部活の連中に謝りながら、欲しがりマ○コを振りたくれ!」

だからこそ、与えられた命令に対する躊躇は微塵もない。

「ごめんコウちゃん、ごめん、みんなぁっアッ、あァァ!」

快楽の陰に隠れ続けた罪悪感ごと謝罪の言葉を吐き連ねる一方で、汗ばみ火照る桃尻を持ち上げ、逸物を引き抜いてゆく。その際、肉棒に吸着している襞肉が引き剥がされ、切なさを思う様堪能する。代わりに引き抜ける道中にある膣壁が摩擦を浴び、潤滑油のごとく染み出した新たな蜜が泡立ち卑猥な音色を響かせた。

「ひッあッあァァアッ、ンン……！」

蜜の音色に被さるようにリズミカルな嬌声が迸る。甘露を噛み締めたくても、次々溢れる悦びを吐き出すのに忙しく、口を閉じる余裕が生まれない。

代わりに下腹部に力を入れて引き締めておいてから、膣に逸物の幹を再度沈めてゆく。抜く時よりも締めている分、摩擦が強く、切々と壁面に響き渡る。

刺激が一定になっては飽きられるかも――そう思い、合間合間に腰のひねりも加え、沈めるさなかの肉幹への締めつけを小刻みなものに変えたりもした。

「ふっははは！　彼氏との甲子園よりセックスが大事か、救いようのない牝豚だよお前はッッ」

侮蔑に傷つき、悲痛が胸に刺さるも――それも、ほんの一瞬だけだった。

横方向の摩擦によって磨くように扱かれた逸物が、膣内で喜悦の脈を打ち重ねる。その都度一緒に揺さぶられた膣洞にも恍惚が充満して、腰振りはますます忙しなく、振り幅もより大きくなっていった。

「ぁんッ、あッンッ、あァッツ、ふっ、ああッあァアあぁぁッ」

数字の8の字を描くように腰回せば、結合部からグチュグチュと、一際卑猥な攪拌音が響いてくる。膣内で散々ねじれた逸物が我慢汁を滴らせながらピストンを再開させたのは、それからすぐのこと。

「謝りながらまたイキそうになってんじゃねぇか。ええッ！」

吠えた男の切っ先は荒々しくも的確に、産道で待つ子宮の口を突き穿った。

「ごめ……ンひィィッ！　はッああァあぁぁ……ッ」

真下からの突き上げにたわみながらも受け止めた子宮が、駆け巡る痺悦に即時陥落し、開いた口から粘膜液をひり漏らす。

(ごめんね、コウちゃん。私もう……ダメみたい)

子を孕み育む器官に次々突き刺さる恍惚の痺れが、そう思わせる。

桑原の腰は休むことなく責め上がり、子宮の口を連続で抉り突いてくる。

「あッあァッ当たっ、てっ、イイッ、あッイイですせんせぇぇぇっ」

ネチネチと小刻みに小突いておいて、焦がれた子宮の口が吸いつく素振りを見せたタイミングで、ズドン——。目一杯勢いをつけた一撃が見舞われた。

「ひィあッあああぁぁぁッツッ！」

一気に切迫した大きな波が、頭の芯と腰の芯に押し寄せてまた数秒、苛烈に過ぎる悦びが意識を寸断する。そこから引き戻してくれたのもまた、肉の悦び。再びネチネチと小刻みに、今度は膣壁を擦りだした逸物のもたらす煩悶と恍惚の疼きだった。

（先生とのエッチ、気持ちよ過ぎて……もうそのこと以外、考えられないの……）

「ハハッ、イキッぱなしだから締まる締まる……！」

腰を回しながらの連撃に、膣洞全体が引き攣れ、肉幹を締め上げる。

「はァッ、はひッ、ィィアッ、あああッやはァッ!?」

痙攣のさなかにあっても吸いつこうと懸命にすがる襞肉を、お返しとばかりに擦り扱かれて、またたやすく至悦に上り詰めた。

その痙攣のさなか。

「ほれ、チアガールらしく応援の一つでもしてみせろ」

かけられた言葉に一瞬惑うも——色惚けた脳裏はすぐに答えにたどり着き。

「フレッ、フレッ、せ、ん、せ、いッ」

玉房を構えているつもりで左右の手とも頭の横に構え、リズミカルに唱えるのと同時にひらひらと揺り動かす。併せて腰も再び数字の8の字を描くように回り始め、そのまま上下に抜き挿し——リズムにも乗って舞うように跳ね弾んだ。

腰の振り幅が再び大胆になるにつれて、結合部から響く淫音と嬌声のオクターブも上がり。キュッと持ち上がって尻肉とぶつかる玉袋の熱々ぶりが、桑原側の昂奮を如実に伝えてくれた。

「ははは！　野球部よりもチンポが好きなお前らしい応援文句じゃないか」

「……ッッ！　は……い……私。エッチでダメな女です……先生とのエッチしか頭にない、淫乱っ、だからっ、あァ……！」

上体を持ち上げてわざわざ耳元で囁きかけた彼の背に、思わず両手を抱き着かせる。脚も彼の腰に巻きつけ、最後の瞬間まで離れない意思を明確にした。

「たっぷり中に注いでやるから、そのドスケベマ○コで残さず飲み干せよ！」

肉奴隷の意思を受けて始まったラストスパートは苛烈で——格別だった。

対面座位で抱き着く女体が一突き浴びるごとに縦に弾み、ポニーテールを靡かせる。亀頭の直撃を受けた子宮から腰全体へ、さらには背や腹を伝って四肢末端にまで、波長を強く広くしながら及びゆく痺悦に、心底感謝し、耽溺した。

「はひッ、あッ、フレッ、フレっ、おちんっぽッ、あああぁッ」

手は彼の背に抱き着かせたままながら、感謝を伝えるべく、声援と腰振りを続行する。結合部で轟く蜜とカウパーの攪拌音に乗って、増幅された疼きと痺れが下腹部にひしめいて、揺さぶられた子宮が恍惚の証にこぼした粘膜液をすぐさま亀頭が掬い取り、再び子宮の口に突き塗りつけた。

「こんな牝豚だと知れたら、高梨はどう思うかな……ッッ、くくっ、ふははははッ」

嬉しげな視線を伴い迫り来る彼の口唇を、嬉々と受け入れ舌絡ませる。

「んふッ、ンッ、ちゅうぢゅっ、ぢゅうううっ」

限界まで尖り勃った両乳首を、肉の付いた胸板に。負けず劣らず勃起して、結合部より溢れた汁にもまみれたクリトリスを彼の黒々茂る陰毛林に擦り潜らせ、可能な限り身体全体で恍惚を貪った。

(私……もうとっくに、コウちゃんにふさわしい女の子じゃ、なくなってたんだね)

確信が心の傷を広げ、そこにすかさず、悦の痺れがつけ入ってくる。肉の悦びにより、とうに濡れ溢れていた瞳に、新たな涙が溜まることはなく。

これがとどめになると勘づきながら持ち上げた腰を勢いよく振り落とした。ぴったり同じタイミングで突き上がった牡腰と程なくぶつかって、互いに滲ませていた汗を弾き散らす。肉と肉のぶつかる音に、突き押され溢れた蜜のひり漏れる音、そして。

「おおッッ！」「あっあああああああああッッ！」

牡の短くも野太い咆哮《ほうこう》と、牝の甲高い嘶《いなな》きが連なる。互いの肉に満ちる至福を示すべく——逸物は雄々しく打ち震えて精汁を噴き、浴びた淫膣は喜悦に引き攣りながらも懸命に締まり、注がれる種汁を一滴も残さず啜り飲んでゆく。

「電話っ、鳴ってるぞ、彼氏からじゃないのか⁉」

淫膣の貪欲な求めに応じて第二陣、第三陣の種汁を射出しながら、桑原が言った。

「ひッ、イイッですっ、出なくてもっ、今はコウちゃんより、イクの、大事だからっあはァッっまたっイグうううっ！」

かけてきた相手がコウである可能性を頭の隅によぎらせながらも、今まさに味わえている至福を手放す気には到底なれない。今一番欲しいものを明確に選び取ったうえで告げた女の股肉が、解放感と悦びに呻きながらまた種汁を絞り啜った。

射精を直接被弾した子宮の口が、女に生まれた喜びを噛み締めてパクリと開く。ドロドロと雪崩れ入らんとする種汁群を後押しするようにまた膣壁が蠕動して。

(ごめんね、コウちゃん。私もう……戻れないみたい)

とうに罪悪感を伴わなくなっている謝罪を済ませ、さらなる解放感に憑かれた牝尻が跳ねる。

間髪を入れず飛んできた男の手に双臀が握り締められ、突き上がった牡腰との隙間ない結合を改めて果たした。そのうえで注がれた白濁の粘性汁の大半が、無防備に開いた子宮の内へと雪崩れ入る。

「ああっ、んあっあああはァァ……ッっ！」

随喜に溺れた尿道が、溜まりに溜まった小便を噴き漏らす。

「久々だがちゃんと覚えてたな橘、それでこそ俺専用の肉オナホだ！」

絶頂時に漏らすよう躾けられたのを忘れていなかったことを褒められた。その嬉しさに達成感が加わり、空になりゆく膀胱にも喜悦の火照りが充満した。

「次はケツに注いでやる。いいなッ」

まだ終わらない。言葉と、萎え知らずの逸物の鼓動とで同時に伝えられた。

「は、ひィッ……」

ただ純粋に嬉しくて、まだ至福の余韻に震える声色で応じ、嬉し涙が自然とこぼれた眼を、甘えるように彼の胸板に擦りつける。待ちわびた肛門は早くもヒクつきを強め、内に染み溢れる腸液を自ずと波打たせていた。

5

「由比ちゃん、電話に出ないんか？」

「……ああ。もう寝てんのかも。俺も、もう寝るわ」

ルームメイトとそんな会話を交わしたコウの部屋の明かりが消えた後も——。

「あッ、はッあぁぁッ、せんせっ、私っ、気持ちよ過ぎておかしくっ、ああッ、よすぎてケツマ○コバカになっちゃてるぅぅ」

一つ上の階にある野球部顧問教師の寝室では、相も変わらぬ嬌態が繰り広げられていた。正常位で尻穴を貫かれ、喘ぎ通しの全裸少女。二回りは年下のその生徒——由比の、年に似つかわしくない豊乳に歯を立て、なおも腰を激しく打ち付けながら中年教師がほくそ笑む。

打てば響く鐘のごとく。こちらの挙動に合わせて肢体を揺らし、甘く蕩けた顔を嬉し涙とよだれにまみれさせて、嬌声を弾ませる。この最高の牝を簒奪する機会を得られたことは本当に幸運だったたと改めて思う。

あの日、六月初旬の夜に部室の近くに足を向けたのは、スポーツ嫌いで部活に関わること自体煩わしくて仕方のなかった自分にしてみれば、まさに神の悪戯とでもいうべき心境からだった。

(あの夜、貧相なチンポ相手に恥じらい縮こまってた牝ガキが、今やこの通り)

「いッ、イイッですッ、お腹の奥ガンガン叩かれるのッ、好きィィっ」

どれほどピストンの抜き差しを速めても、健気に腸粘膜を逸物に吸着させ続ける、その結果、腸の内肉が捲れるように引きずり出されても、ただただ甘露の涙声を上げて、より一層排泄穴を締め上げる。

「ケツマ〇コ拡がったまま戻らなくなっちまうぞ、それでもいいのか⁉」

「いいですッ、それで気持ちよくなれるなら……はぅ、あッ、あァ、先生の形に拡げてっ、戻らなくしてぇぇっ」

こんな風に即答できる奴はもうガキじゃない。

(クク。高梨よぉ、お前が玉ころ遊びに興じてる間に、大事な彼女は立派な牝に仕上がっちまったぞ)

六月のあの夜、部室で高梨に抱かれていた時にも増して、組み敷いている女体は実に美味そうに映る。

若く張りのある肌質はもちろん、肉付きの良さが堪らない。おそらく学年一実っているであろう双乳、いくらでも子を産めそうな安産型の尻。みっちり詰まったその尻肉に隠れている、開発したての肛門。

どれだけ性的に開発しようとも、日常では必死に清楚な仮面を被ろうとしている。それが嗜虐心を掻き立てればこそ、どこまでも堕としてやりたくなる。

「あひィッ、ンあああぁぁッ！　わたひッ、まひゃあっあああっ！」

今も、逸物に伝わる腸洞の忙しない蠢動から、少女の再絶頂が近いことを知る。

「イクのかケツで！　俺とのセックスがそんなに好きかッ！」

「はいっ、好きです！　先生とのセックス、コウちゃんよりずっと好きィィっ！」

肉オナホはまたしても、より主人が昂奮する正答を引き当ててみせた。

それも、こちらの首に抱き着いてきて耳元で囁く念の入りようだった。

返礼は当然、逸物で行う。専用肉オナホと同時に果てるべく極限まで張り詰めた肉棒の、目一杯の脈動と連続の突き上げで応えてやった。

「なら俺の女になれ……由比ッッ！」

初めて下の名で呼んだ、その効果は覿面《てきめん》だった。

「はい、なります、私、先生の女に、なりますぅ……ッッ」

途端に涙をこぼした惚け面が迫り来て、右の耳たぶに熱い、気持ちのこもった口づけをした。それが引き金となり。

「うッッ」

思いきり突きこんだ状態で嬉々と震えた逸物が、うねる腸の求めに応じて劣情の証を噴き注ぐ。先だって膣に注いだのと遜色ない怒涛の勢いと濃厚な粘り気を併せ持つ白濁汁が、瞬く間に、細く長い腸洞の奥の奥まで行き渡り――。

「あッあああッあ――――ッッ‼」

切なさと愛しさを混在させた、甘美な涙声が色惚け少女の口より迸る。そのリズムに乗って引き攣れた腸洞が、逸物を締め舐ってはさらなる大量射精を要求した。

大股に開いていた肉付きのいい太腿が左右とも射精真っただ中の牡腰に巻きついてきて、もっと奥に注いでと乞いねだる。

「気持ちよ過ぎて、お腹から下、バカになっちゃってます……」

「とっくにお前は全身セックス狂いになってるだろうが。だが、朝までにもっと狂わせてやるぞ」

種汁を啜りながら満悦の表情を浮かべる肉オナホ。その口元が、宣言を受けて、にへら、とだらしなく笑んでみせる。ぎゅっとしがみつく手足をいつまでも緩めず、尻穴が複雑に絞り引き攣れては、延々と肉竿より種汁を啜り取る。

まるで恋人にするように肌摺り寄せる少女が、関係を持つのは『夏の終わりまで』という当初の約束を思い出すことは終ぞなかった。

第五章　夏が終わっても～由比の告白～

1

八月二十五日、日曜日。午後四時まであと数分、空は雲一つない晴天で、例年以上の酷暑が続く中。私は制服を着て夏休み中の校舎を訪れていました。

人っ子一人いない廊下を歩むと、いつも以上に靴音が響いて感じられます。そうしてたどり着いた、校舎三階の東奥にある一室。――生徒指導室。

「おう、橘か」

眼前のドアをノックすると、期待通りの人物が、期待通りのニヤつきを湛えて迎え入れてくれました。

先週土曜の夜から日曜朝にかけての連続セックスから、一週間ぶりの二人きりでの対面。いやが上にも高まる期待が、蜜汁となってショーツの内側にひり漏れます。

（今日はどんな体勢で抱いてもらえるんだろう。どんな道具で虐めてもらえて、どんな技を仕込まれる……何時ぐらいまで一緒にいられて、何回イカせてもらえるだろう）

のめりこんでいる自覚はあったけれど、止まれませんでした。

(だって、私はコウちゃんを裏切ってしまったから。二人の夢だったはずの甲子園をよそに、先生とのセックス漬けの時間を夢見るような変態女なんだから)

もう、コウちゃんの下には帰れない。夢を追いかけていた少女には戻れない。

そう、思い詰めていました。

——なのに。

「お前とは『夏が終わるまで』って約束だったからな」

革張りのソファから腰を浮かせることなく、笑みも引っこめて無表情となった先生の口から、当然破棄されるものと思いこんでいた約束の履行を申し渡された。

「今日までよく頑張ったな、橘。お前はこれで晴れて自由の身だ」

一週間前の宿舎での一夜では何度も「由比」と呼んでくれたのに。

当たり前に名字で呼ばれたことが、約束の履行により真実味を持たせていて——思いもよらぬその現実に私は言葉を失くして、狼狽えることしかできませんでした。

(嘘、嘘よ……だって私、もう……)

大切な恋人が夢に向かって努力している裏で、何度も、何度も先生に抱かれた。

(コウちゃんと部室でエッチしてるところ、撮られたから)

証拠写真を公表しない代わりに身体を差し出せ——そう告げて、嫌がる私に数多の快楽を——コウちゃんとのセックスでは知れなかった多くのことを仕込んだのは、先生なのに。

(どうして今さらっ……)

やり場のない怒りが渦巻くも、それを、今なお無表情を貫く先生にぶつけることはできません。

(夏の終わりまで頑張れば)

コウちゃんとの夢を守れる。その一心で夏の初め、期限付きの関係を受け入れたのは、他ならぬ私だったたから。

でも、だからこそ、朝から期待し疼き通しだった股の求めが一層哀しく、真に迫るのです。

恋人が夢に邁進する裏で、別の男に抱かれる。彼の夢を守るため。たとえそれが理由であっても、常に罪悪感に駆られていました。

(でも、先生とのセックスで気持ちよくなってる間だけは、苦しい気持ちを忘れられた。頭が真っ白になって、身体のどこもかしこも……)

もうすっかり精液の味を覚えた唇も、乳首イキを覚えた両胸も、中腹辺りの性感帯を開拓された膣も——ゼロから開発されてきて、今や立派な性器となった肛門も。

身の隅々にまで染みついた悦びを、忘れられるはずがない。

(また、先生の大きなおちんちんで)

コウちゃんのモノよりも逞しいそれを、巧みに操る先生とのセックスを。

(お口で……胸の谷間で……マ○コにも、お尻の穴にも、また欲しいの。我慢、できないよ……。終わりになんてしたくないっ……!)

何より正直なその心情を、堪えられませんでした。

「……先生、見て……ください……」

恥じらいではなく、期待の火照りに頬を染め。

制服のスカートを脱ぎ落とし、白のショーツ——蜜汁を吸い過ぎて、とっくに下着の用を成さなくなっているそれも自らの手でずり降ろしてゆく。そのさなか、ショーツに溜めた淫臭を腰くねらせて撒き散らすことも欠かしませんでした。

たっぷり吸った蜜の重みを感じさせる汁濡れ下着を足首から抜いて床に捨て、改めて先生を上目遣いに見つめ、告白するのです。

「先生の顔を見て、お話してるだけで私……もう、こんなに濡らしてしまって……」

黒く茂った恥毛が濡れて貼りつく恥丘の、さらに下。蜜の出元である割れ目を、添えた右手指で割り開き、見せつける。より濃密な甘酸っぱい淫臭を吐き出し続ける、サーモンピンクの粘膜。先生のおちんちんにフィットするよう作り変えられてしまった淫洞の蠢く様を、余さず晒して乞いねだる。

「もう私には先生しかいないんです。先生のおちんちんがないと私、もう……ダメ、なんです……」

関係を続けてもらうには、覚悟を示さなければならない、そのためにはこうするほかないと思ったから——後ろめたさも、躊躇いも、もう湧きません。

首元のリボンを緩め、半袖カッターシャツの前ボタンもすべて外して露わにした、ショーツとお揃いの白いブラジャー。それもすぐに自らの手で外して、床に捨て。剥き出した両乳房を、脇を締めて寄せ上げ、見せつける。

「自分で弄ってもダメなんです。先生にしてもらわないと、もうイケない……！」

一週間前、宿舎で先生にたっぷり噛んでもらった乳輪。すでに痕の消えたそこを、膣口を拡げるのとは逆の手指でなぞりつつ、白状しました。

（あ……！）

必死に懇願したのが効いたのか。先生がようやくソファから腰を浮かせ、立ってくれました。小太りの身体を揺らしながら歩み寄ってきてくれる。その一歩ごとに期待が高まり、また、新たな蜜が股穴から漏れ滴りました。

「やる前からもうビショビショじゃねぇか。まるでパブロフの犬だな」

告げながら当たり前に膣口に突き入れた指二本。右手の人差し指と中指で、とっくにトロトロの膣肉をこれでもかと揉み捏ね、掻き回してくれる。

それだけでも甘露な衝撃に見舞われた腰が落ちかけた。

「夏の間に淫乱な牝犬をじっくり躾けた甲斐もあったってもんだ」

「んッ、あッ、はぁッん……ッッ!?」

けれど指はすぐに引き抜けて、火が点いたばかりの身体が一層の切なさに悶えさせられる。くねる腰の芯から、歯痒さと火照りが同時に噴出する。

蠢く膣口から香る淫臭がより濃密となる、その瞬間を狙いすまして屈み接近してきた先生の顔。

(……っ、オマ〇コにキス、されちゃう……)

浅はかな期待に憑かれ、膣だけでなく肛門までもヒクつかせてしまった。そんな私を嘲笑うかのように、先生の顔はオマ〇コに熱い吐息がかかる至近距離で止まります。

焦がれた腰を自ずと振って接着を図ろうか、でも今は従順に待つべきではないか。悩み悶えるさなかに、先生の口唇は開き、問いかけたのです。

「今日、俺のチンコを入れて欲しいか？」

「は、はい……私……」

それが叶うなら、どんな条件も受け入れます。そう言い募ろうとした私の顔ではなく、良い正直なオマ○コに向かって紡がれた、続きの言葉。

「なら条件がある。高梨のやつとは別れるな。これからもアイツと付き合ってやれ」

あまりにも理解し難い条件提示に混乱するあまり、すぐに返事をすることができませんでした。

（コウちゃんと別れるな……って。どうして？）

もうコウちゃんとは別れるしかない。もう裏切りたくないからこそ、そう思っているのに。

（なのに。先生に抱かれ続けて、コウちゃんとも付き合い続ける……？）

それは、今後もコウちゃんを騙し続けるということ。大好きだった幼馴染を、我が身の悦びと引き換えに裏切り続けろということ。

「わ、私は先生だけでいいですっ。もうコウちゃんとは……いいんですっ」

さすがにいたたまれない気持ちが勝り、懇願せずにいられませんでした。

けれど、先生の気持ちを動かすことはできなかった——。

「駄目だ。俺のチンコが欲しければ今まで通りアイツとの関係を続けろ」

告げると同時に陰毛に鼻先を押しつけてきた、先生。

「あ、ふぁッ」

唾液に濡れそぼる彼の口唇にあえなくクリトリスが啜り飲まれ、胸に巣くう疑問と抵抗を押し返すほどの恍惚が腰の芯から迸り。その痺れるような愉悦は、舌先でクリを舐り転がされるたびに急成長してゆきました。

「ふ、あッああッックリっ、イイッ」

先生とのエッチは、やっぱり格別。私の性感帯を誰より熟知して責め抜いてくれる。

(このままだと、それももう二度と……そんなの、私……)

嫌だ、失いたくない。——でも。

(そしたら、また、コウちゃんを裏切ることになる……)

迷い始めた心根を見透かしたかのように、膣へのキスが始まって。

「ふぁっあああっ」

啄むように吸いついては蜜を啜り、縦の割れ目に沿って舌の腹を舐りつかせてはネチネチと陰唇を扱き、より隆起したクリトリスに甘噛みまで施す。

(気持ちいい……やっぱり先生は、上手ッ……先生とのエッチ……終わりになんてし

たく……ない……っ）

　頭にちらつく幼馴染の眩い笑顔が、この時ばかりは苛立たしかった。先生の興を削がぬようにと、内なる苛立ちを必死に、恍惚渦巻く胸内に押しこめる。

「壁に手をついて、尻を向けるんだ」

　新たに下された指令を深く考える余裕はありませんでした。すぐに従い、屈んだままの先生の眼前に尻を突き出し――。

　手で尻の肉を左右に割り開かれ、今度は肛門へと熱い鼻息が吹きかかる。

「……ッッ、そこ、まだ、今日は洗えてなくて……汚いです……」

　恥悦に灼かれながら、白状しました。

「白々しいぞ橘ぁ。ＪＫの体臭に蒸れた汗とケツの匂いが混じったこいつが、俺を昂奮させて」

　肛門にくっつけんばかりに迫らせた鼻で、熱と苦みが混じる饐えた匂いをこれでもかと嗅ぎ取りながら囁かれた言葉に嘘はないと、身をもって知っていた。

「一層硬くなったチンコでケツ穴を突きほじられまくられるのを期待して、わざと洗わずに来たんだよなぁ？」

　だから、認める言葉を発するまでもなく、肛門が期待にヒクつき、先生の鼻息を食むように繰り返し開閉した。先生のズボンを押し上げているおちんちんを誘うように、すでに汁濡れた腸粘膜を覗かせては閉じ、また覗かせて。その都度、より濃厚な匂いが先生の鼻と股間を愉しませる。

（あ……すごい、嗅がれてる……！）

肛門に当たる鼻息の荒さを意識するほどに恥悦は高まり、イヤらしく腰をくねらせたくなるけれど、尻肉を捕まえた先生の手が許してくれない。

先生の問いかけに答えてないから、許してもらえないんだ――。焦がれに見舞われつつも思い至り、甘い響きと共に白状してゆきます。

「は、ぁァ……ッ、はい……この方が先生のおチンポ、硬くなると思って……っ、わ、わざと洗いませんでした……ンひィッッ!!」

素直に言えた褒美とばかりに、肛門にキスの雨が降る。

くすぐったさと幸せが背を伝い、恍惚の身震いとなって表れる。

尻穴の香り嗅ぎながら口づける先生も、そうされて悦ぶ私も等しく変態だ。やっぱり、この関係を失くしたくない。ただただそう、願いました。

「アァ……お尻の穴舐められるの、好き、大好きです……っ」

モコッと膨らみ待ちわびていた肛門が、先生の唇に吸われ、舐り回される。都度噴き上がる疼きを噛み締めて腸洞を絞れば、苦みある汁が肛門に滲む。それもすべて、嬉々と舐りつく口唇に啜られてゆきます。

(お尻の穴なんて汚いところも喜んで舐めてくれる、そんな男の人、きっと先生しか)

愛情とは違うけれど、他に代え難いものをくれる特別な人。改めてそのことを思い知った矢先に、

「どうだ? これからもずっとこの快楽を味わいたいか? 橘……いや由比」

唾ごと苦みを飲み下して、一週間ぶりに名前を呼んでくれた。

(……わかってた。先生にはお見通しなんだから、もう今さら取り繕っても仕方ない……。ただ認めちゃえばいい。私は、コウちゃんを裏切ってでも先生と気持ちよくなりたい、最悪な女なんだ、って)

そうすれば関係を続けてもらえる。ずっと気持ちいいことに浸ってられる。

先生がどんな思惑でコウちゃんと別れるなと言ったかなんて、知らなくていいんだ。

あとは声に出して伝えるだけ。今後も肉オナホとして愛でてくれる人に向けて、決意表明を済ますだけ。

「これからもずっと先生とエッチしたいです。だから……だからコウちゃんと別れません。夏が終わっても、ずっと私を……肉オナホを使って欲しいです」

尻穴を舐め回されながら、改めて隷属を誓う。

惨めで、それゆえに甘露を生む瞬間が終わった途端。先生の舌先がたっぷり舐めてほぐした肛門をほじり、そのまま突き立った。そう感じた一瞬後にはもう、自ずと開いた肛門を潜り抜け、目一杯伸びた舌が腸洞内へと潜ってきていました。

「ひあっ、ァァあぁぁッ」

肛門をほじられた恍惚冷めやらぬ中での舌挿入に、堪らず腰が震え、今いるのが校舎内であるのも忘れて、甲高い喘ぎを放ってしまう。

(素直に認めれば、先生は応えてくれる。私は、私自身と先生が気持ちよくなれるように頑張ればいいだけ。肉オナホって、そういうこと……)

その解釈の下、恵んでいただいた舌をチンポに見立て、腸全体で舐り愛でてゆく。

いきんで締めつけ、息を吐くことで緩ませ。飽きられぬよう努めて不規則なリズムで腸壁を蠢かせました。さらに腰の回転も加えることで、舌の裏表満遍なく、腸内に刺さっている全部位を舐るつもりで愛でてゆく。

「くくっ、よしよし、よく言った。それじゃ由比、これからもたくさんよがらせてやるからな」

尻たぶに頬をうずめ、肛門を穿り回しながらの宣告はくぐもった響きだったけれど。

尻肉と腸内、そして腰の芯と、勃起し通しの胸にまで甘露な疼きをもたらしてくれた。

「はィっ、よろしくお願いしますっ」

首振って尻肉に擦りつき、ほじる舌の角度や勢いを絶妙に操っては腸壁を喜悦の渦中へと叩きこんでいく、先生。

(これからもずっと、先生に気持ちよくしてもらえる……！)

そう思うと、もう他に望むべくもない気がして。そのためならどこまでも堕ちてゆける。確信が持ててしまったから――。

「ふぁぁっ、あひぁっ、マ○コもイイィッ」

舌での尻ほじりが続く中、蜜だだ漏れの淫膣に肉厚の中年指が二本揃って突き立てられ、程なく二穴で競うように攪拌が速まってゆく。

(自分の舌はお尻の穴に届かないし、自分の指じゃ先生のより細くて長さも違うから全然ダメ。ああ……でも先生とならこんな簡単にっ)

七日ぶりに迫り来る予兆――大波直前の、寄せては返す連続悦波に、股のすべての穴が連動して収縮を強める。

「イク……あ……ァッッ！」

すべての淫穴に充満した悦が、自然と目じり眉じりを下げさせ、口元を緩ませての蕩け顔――先生とのエッチの時にしかしない淫貌を形作らせる。

教え通りの絶頂宣告も、考えるまでもなく口をついて出た。

たっぷり蜜を搾りこまれたうえで抓られたクリトリスが真っ先に限界を訴え、次いで尿道、最後に思いきり舌腹で押し捏ねられた腸壁が白熱と悦の大波に満たされ――。

「ンあッ、あッあああはあァァァァッ」

痺れ緩んだ膀胱が溜めていた黄金水を噴き漏らすのと同時に、淫膣からも白く濁った愛液が勢いよく一直線に飛んでゆく。二穴に溢れた解放感とは正反対の、中を埋められる悦びに浸ろうと腸洞がなお先生の舌を締めつけて。

負けじと腸壁を抉り穿ち、絡みつく襞肉を片っ端から舐り啜っては至悦の上塗りを施してくれる、先生。

（……私の、大切な……ひと……）

心の充足を覚えてしまった瞬間に、悦の大波がぶり返し。

「ぢゅっ！　ずずっ！　づぞぞぞッッ！」

濡れそぼり窄まろうとする肛門を引きずり出す勢いで、啜られた。それにより弾けた痺悦が、腸の穴の奥の奥にまで突き抜けてゆきます。ほじりつく舌の回転にも乗って奔るそれは、さながら弾丸のごとき軌道を描き、肉壁越しの子宮にさえ衝撃を伝え、揺さぶってみせたのです。

「イッ、ク……またっああっ、イク、ううぅぅっ！」

絶頂のリズムに合わせ波打つお腹の中で、膣内の蜜と、腸内に溢れた腸液も一緒になって波を打ち。何度も、何度も同じ言葉を紡ぎながら、瞼裏の白熱と、腰の芯に突き刺さる至悦に溺れ。壊れた玩具のように腰を震わせては、さらなる悦を貪る。

（もっと、欲しい）

それ以外、思い浮かびませんでした。

先生の舌が尻から引き抜けて、支えも失い床にへたりこんだ時も、まだ絶頂の余波は続いていて、くねる尻で絨毯を掻かずにはいられなかった。

だからこそ、満悦顔の先生が立ち上がり、アレを——血潮と欲望を詰めこんで怒髪天を衝いている逸物を背後でかざした、その気配を察して即時振り向き。

生唾を飲むために数秒遅れはしたけれど。

「次は私のココで……」

まだたっぷりの唾が溜まる赤々とした口内を開き、見せつけて。

「気持ちよくなってくらふぁい……」

ヌラつく舌をチロチロと蠢かせながらの誓願を間に合わせることができました。

「それでこそ俺の可愛い肉便器だ」

嬉々と突き出された逸物が早速口を塞いでしまうその瞬間も。失禁はやっと止まったものの、オマ○コはだらしなく蜜をこぼし続け、肛門はおちんちんを欲しがって開閉を重ねていました——。

2

毎年、九月の第二土曜日は地元の神社前通りに数多くの屋台が立ち並び、お祭りが催されます。

県内でも有数の規模を誇る祭場に足を運んだ私の隣には今年もコウちゃんがいて、彼と手を繋いで美味しい匂いや楽しい音色を響かせる夜店を見て回る時間は例年と変わらず楽しいものでした。

「その……浴衣、似合ってるぜ」

去年までは肌寒く、洋服での参加が続いていたこともあって、五年ぶりの浴衣姿は私自身特別に感じていたから、褒めてもらえたのもすごく嬉しかった。

花飾りのついた髪留めでまとめた髪型にも照れながら言及してくれた彼に覚えた愛

しさは、決して偽りなんかじゃない。

（……さっきまで、そう思えてたのに）

夜店の数々や、幼馴染との時間。物心ついてから毎年心躍らせてきたそれらよりも心待ちにしている「もう一人との約束」が今夜はあったから。

「お手洗い、行ってくるね」

平気な顔をして、また嘘を重ねてしまう。

「わかった。じゃ、先に席取っとくな」

手に二人分の食べ物を持った状態の彼ならばきっとそう言うと思ってた。

予想通りの優しさに後ろ髪引かれながら、食事のための座席が並ぶスペースに向かう彼に背を向け、振りきるように真逆の方向へと駆け出しました。

駆けた先には実際に公衆トイレがあったけれど、当たり前にその前を通り過ぎて、赴いたのは、神社の奥にある林の前。

賑やかな今夜は特に寂しく感じるそこで一人待っていた人物。いつもと同じニヤつきが彼の口元に浮かんでいるのを見つけた途端、股間が一層の火照りに見舞われます。

無言で手を取られ、先刻まで手を繋いでいた幼馴染の優しさとは正反対の強引さで林の中へと連れ込まれた、まさにその瞬間。

（は、あァッ……）

期待に震わされてしまったその拍子に、性的昂奮の証である蜜汁が内腿へと滴った。以降も股根から湧き出し続ける疼きを、堪えることができませんでした。

手ごろな木の幹に両手をつかされ、尻を突き出す姿勢を命じられた時だって――。

「もう、準備、できてますから……」

次の指示が下る前に申告し、その証拠を示すべく浴衣を腰の上まで自らの手で捲り上げました。

「相変わらず濡れやすいマ〇コだな。ククッ、そんなにチンコが待ち遠しかったか」

眼鏡の奥のイヤらしい眼光が丸出しの尻たぶに、次いで汁だく状態でヒクつき通しの秘裂へと刺さってくる。

その心地よさに震えるあまり、聞かれてもないことまで自白してしまいます。

「はい、待ち遠しくて……だから約束通り、ずっとノーパンでいました。コウちゃんと一緒の時もずっと……っ」

「高梨の隣でスケベマ〇コをこっそり濡らしてたんだな？」

応じる言葉も、すぐに口をついて出ます。

「はいっ。そうです、私……何も知らないコウちゃんの隣で、先生とのエッチを想像してオマ〇コをエッチなお汁で濡らしちゃってました……」

理由はわからないけれど、コウちゃんの話を持ち出せば、先生はより激しく私を抱いてくれる。いつもそうだったから。丸出しの尻を振り、媚び媚びの視線も向けることで、主人である彼の出方を窺《うかが》いました。

（肉オナホの私が急かしちゃいけない。でも、この身体のことを私以上に知ってる先生なら……きっと……）

「そんなだらしないドスケベ穴には、蓋をしておかなきゃならんよなァ？」

期待通りに、取り出した逸物を汁濡れた膣穴に宛がってくれる。夜の闇の中で煌めいて見える蜜汁を亀頭で掬うも、すぐ離れてしまった瞬間には寂寥と焦りを内心覚えもしたけれど。すぐに戻ってきた亀頭が今度は排泄のための穴を押し突いてくれた。

「外でするアナルセックスは格別だぞ」

続く言葉にも煽られて、接着したての亀頭をお尻の穴が、まるで甘噛みするみたいに何度も、何度も窄まっては舐り愛でる。伴う面映ゆい刺激と衝動にも浸りながら。

「は……っ、ぃ……よろしくお願ヒッ、ンあああぁっ」

お願いします――そう、性処理道具としての分を弁えた懇願をし終えるよりも先に、突き入ってきた逸物の圧迫感と、摩擦による恍惚に呑み込まれてしまった。

（あぁ……お尻の中みっちりっ、いっぱいになって、ゴリゴリ擦れる、この感じ……！戻ってきてくれた。私のお尻の穴に、先生のおちんちん……ぴったりハマってる！）

瞳と股穴が同時に嬉し涙をこぼす状態にあっても、具合を確かめるように始まった緩やかなピストンに即時順応し、彼と同じリズムで腰を振るい始めることができる。これもひとえに先生とセックスを積み重ねてきた賜物。そう思うと、初めは嫌で仕方なかったアナルセックスへの愛着もひとしおとなり、そんな悦びを教えてくれた先生への感謝が、さらなる腸洞のうねりを引き出します。

こみ上げる悦びは、やはり下着を着けてない両胸にも波及し、自発的な乳頭勃起を促しました。

「必死にケツを揺らしやがって。もうすっかりケツハメセックスの虜だな、えぇ？」

勃起乳首が浴衣の裏地に擦れて生じるもどかしい疼きと、腰の芯に蓄積し続ける甘い痺れ。二つが重なった結果、我慢しきれずに私の方からも腰を使ってしまった。

先生は嘲りながらも嬉しげな顔で、表情以上に喜色満面のおちんちんを速い回転で突きこみだしてくれました。

「はひッ、いっ、んぅぅぅぅぅッッん！　それっ、グリグリされるのっ、好きっ、お尻の中グチャグチャ掻き回されるのも好きィィッ」

胸内を占拠した随喜はじきに腰のくねりと、腸洞の蠢動という形で体現され、両方に愛撫された逸物が嬉しそうに脈を響かせてくれるのです。締めつく腸壁で余さず感知して、なお一層の恍惚が甘い痺れとなって、めちゃくちゃにほじり突き回される腸内に、さらには腰の芯にまで響いてゆきます。

「あまり遅くなると高梨に怪しまれるからな。一気に行くぞ」

宣言した先生のおチンチンが悦びの証拠とばかりに、目一杯の力強さで脈動と先走り汁を腸内に擦りつけてゆく。肉と肉のぶつかる卑しい音色に私も先生も没頭して、双方が競って腰を押しつけてはさらなる淫音を重ねてゆく。

「はひ……！　この角度だめぇっ、気持ちよ過ぎてお尻の穴バカになるぅぅぅ！」

ひしゃげるほど掴まれた尻肉の谷間で息づく、本来排泄のためにのみ用いられる穴におチンチンを突きこまれては抜かれ、また強く突かれては勢いよく抜かれ――。

特に、腸の曲がり角を強かに抉り擦られると、頭の芯にまで痺れが奔り、また意識が白み始めてしまう。

「S字結腸が快感で緩んでるのがよくわかるぞ。ここがいいんだな？」

「は……いっ、そこ……っ、そこ感じ過ぎちゃ、んあああっ！　おっおおぉ♡」

連続で結腸を抉られ、弾ける愉悦にとうとう豚めいた喘ぎを漏らしてしまう。先生の指摘通り、穴の奥の方は強過ぎる快感に弛緩し始めていたけれど、肛門だけは、必死になって収縮し、さらなる摩擦悦と精液を求めていました。

林の前に他に人は見当たらなかったし、祭りの真っ最中ということも考えると、今私たちがセックスしている奥まった場所にまで誰かが来ることは考え難い。

それでも、「外でセックスしている」背徳感は削ぎ落とされることなく私の全身に充満し、元々濡れやすい股からいつも以上に濃い蜜を漏れさせていました。

浮気の自覚がもたらすそれとはまた別種の背徳感。強いて言うなら、かつて幼馴染と部室で事に及んだ際に覚えたものに似ている――。

（あの時は、いつ誰が来るか……って気になってしょうがなくて、ちっともエッチに集中できなかった……）

でも今夜のパートナーは、私の身体の最大の理解者である先生です。コウちゃんとの部室エッチの時にはない安心感が胸に満ちていました。

その胸の突端――左右共に熱く尖った乳頭が浴衣の上から先生の指腹にくすぐられて、堪らず甘い鳴き声が吐き漏れてしまう。

丸出しで汗の浮いた尻を涼しい夜風が撫でては、野外の開放感を痛感させる。

解放感に憑かれたオマ○コと尻穴が忙しなくヒクつく一方で、もう一つの穴――尿道が内に溜まる黄色い液の存在を訴え始めます。

（あァ……出ちゃ、うっ……イったら絶対にすぐ、おしっこ出ちゃうぅぅぅっ）

一足飛びに高まる焦燥感と、歯痒さ、切ない恍惚。それらすべてを含む尿意に炙られながら尻を振り、先生のお腹とぶつかって弾ける肉の音色を貪る。失禁に対する恐怖や羞恥はなく、当たり前に恥悦のみが全身に巡ってゆきました。

「せ、んせぇっ、私もぉ、イクッ、お尻でイッておしっこ出ちゃう……ッッ」

先生が相手なら、どんなに卑しい告白も恥ずかしくありません。素直に伝えれば、その分気持ちよくしてもらえると身をもって知っているのですから。

「ああ、いいぞ、イケ！　俺もお前のケツ穴にたっぷり注いでやるからな！」

ご満悦の先生が、右手を乳房から離し、うなじに沿わせて、つつ……と滑らせる。

それがもどかしくも歯痒いのだけれど。

「ください、先生の熱い精子お尻の中に注いっ……んはあァアッッ!!」

直後に尻肉がたわむほど強くおチンチンが突きこまれた。その強烈な摩擦悦が、首筋や胸がもどかしかった分だけ、より甘露と腰の芯に染みる。

「はァッ、あッッ！　ンァッ！　あひあああァ！」

重く強い一撃を浴びるたび、前に揺すられ、痺悦が頭と腰の芯を貫いていきました。

姿勢を戻すよりも早くに次の一撃を浴び、より蕩けたお尻の穴が奥の方まで一斉に痙攣し始め。震えは腰にも伝染し、肉の壁越しに摩擦悦を貪っていたオマ〇コから蜜が振り落とされては地面を叩きます。

汗ばんだ手が抱き着いている幹から滑り落ちそうになって――幾度目かの直撃を腸壁に浴びる頃には、幹に腕を巻きつけてしがみつくことを余儀なくされていた。それは硬い樹皮に両胸を強く押しつけることにもなりました。

お尻の穴が、ほじられては締めつき、引き抜けていくおチンチンに吸着したまま捲り上げられては、間髪を入れずまた抉り突かれて峻烈な悦波を抱き寄せる。そのさなかにあっても先生のビール腹との激しい衝突をより愉しまんと下駄履きの足を草むらに踏ん張らせ、お尻を突き出し続けました。

「ひッ、あ！　あぁ！　ンッあッあああおおおおッッ！」

ひっきりなしに鳴く口から当たり前に舌先が飛び出て、瞳は蕩け、目じりも下がって、上気した頬は緩み通し。

（ああ、また私イヤらしい顔……しちゃって……るぅ……）

鏡がないために直視叶わないそのはしたなさ、卑しさを想像するほど腰に迸る衝撃の甘露も増してゆき――。

「高梨が待ってるってのに、アヘ顔晒して、ションベン漏らしながらイクんだからなッ、とんだビッチだよお前はっ」

先生の放つ嘲りが、今も擦れる樹皮よりずっと鋭く――一際心地よく胸に刺さった。

（ビッチ……そう、だよね。私、スケベで自分勝手な、女だもの……）

自虐はより激しい腰振りの糧となり、腸壁抉る逸物の逞しい圧と摩擦の悦に溶けて混ざる。それがピストンを重ねるたび、次第に被虐の悦へと変化していく。

悦びに痺れた膝がいよいよ限界を訴え、木の幹にしがみつく両腕の間で、ピストンのたび木の幹と擦れる乳房にまで痺悦が巡りひしめいた。

その頃にはもう、私の腰はひたすら摩擦悦を貪るべく、前後左右めちゃくちゃに、力任せに振りたくられていました。

（あ、あぁ、来る……おっきい波、一番気持ちいいの、きちゃうぅぅぅっ）

それを見計らったように、一際強い衝撃が腸壁と、その向こうで息づく子宮を揺さぶった――。

他の誰でもない先生、私のイヤらしい身体と心を誰より知る人の全力突撃に、嬉々と震えた尻穴全体が収縮で応えた――数秒後。絞り上げられ一足先に限界を迎えた肉棒が激しく弾み、白濁の飛沫を噴き上げました。

「ぐッッ!!」

「ぁはッああああああああああッッ!!」

瞬間的に膨れた逸物の切っ先から、びちゃびちゃと勢いよく雪崩れこんできた精液。そのネットリとへばりつく心地を堪能するようにより引き締まったお尻の穴が、随喜の火照りと痺れに見舞われて——痙攣し通しのオマ○コと同時に、至福の悦波を抱き寄せたのです。

当たり前に尻を押しつけ、より奥での射精を望み。

「んあッああ、あああッッ、またっ、イクぅぅっ!」

絶頂中も飽くことなく尻を振りくねらせ、さらなる射精を乞い続ける。

(まだ……もっとたくさん、精液欲しい。ずっと……先生とセックスしたい……!)

「クソひり出すしか能のなかったケツ穴が、すっかり俺のチンポケースだな!」

まるで私の願いを知っているかのように(たぶん、本当にすべて察してくれているのでしょう)悦び吠えた先生のおチンポが、腸の壁に摺りつき、また精を吐きつけます。出したての精液を摺りこまれる恍惚もさることながら、肉の壁一枚隔てた子宮をくすぐるようにスリスリと執拗に擦り突く、その手管にまんまと乗せられて、私は再度の至福に身を灼かれ——。

「ふぁッあああっ、またっ、あああ……っ！　イクッ、イクぅぅぅうっ」

喉も張り裂けよとばかりに、夜空を仰ぎ、嬌声を吐き紡いだのです。

全身に波及した身震いに耐えようと樹木にしがみつく手に力を込めた瞬間。

「あ……！　はぁっあああ……！」

一際大きな、また別の震えに見舞われて、膀胱が限界を迎えました。

チョロチョロと出始めた尿液は、勢いもそのままに、両手でしがみついている樹木の根元に注がれ、見る間に黒いシミと水溜まりを形成します。

「ああ……せんせぃ、ごめんなさい……はぁ、あぁあ……」

惚ける頭に遠く響く祭りの喧騒。林を出て神社の階段を下ればすぐたどり着くそこに今も満ちているであろう熱気に負けず劣らず熱のこもった息を吐き紡いで、膀胱が軽くなるのに比例して満ちてゆく解放感に打ち震わされる。

安堵と恍惚と、これでもう今夜は終わりなんだという寂しさが入り混じった結果、私は知らず知らず切なく惚けた表情となっていました。

それを見て、触発されたのでしょうか。

（え……？）

ついに射精を終えてお尻の穴の中で横たわったばかりのおチンチンが、またわずかに震え、生暖かい液体を出し始めた。それは先ほどまで注いでいた精液のような粘り気もなく、さらついていて、まるで公園の噴水のような勢いを伴ってもいて、何より熱を感じるほどに温い。腸壁を震わすヂョボヂョボという振動が、私に注がれる液体の正体を勘づかせました。

「うっ、おぉぅ……」

恍惚と安堵を感じさせる先生の声が、疑念を確信へと変えます。

(私、お尻の穴の中におしっこ、されて……)

確信は、じきに新たな被虐悦を手繰り寄せ。

「あぁっ、あ、あああ……っ！」

ぶり返した悦波に浸れば、オマ○コも、お尻の穴も再び締まりを強め。特に肛門内で、溢れ返る精液と尿液とが掻き混ざっては波を打つ。その波長と、悦の波の波長の合間を縫うようにまた、空になったと思っていた膀胱からの訴えが届き、また堪えようのない解放感に溺れてしまう——。

「ぁあ……はッあああ……あったかぃ……おしっ、こ出て、るぅぅ……っ」

「おッ、お……っ、ははっ、これで文字通り便器になっちまったな……嬉しいか？」

尻穴に引き絞られて苦しそうに、でもそれ以上に嬉しげな、上ずった声色と緩んだ表情で宣言する先生。主人である彼の悦びが乗り移ったかのように、私の心も腸内に響く放尿の振動に合わせて弾みっぱなし。

尻穴に尿を注がれるほどに腹部に溜まる圧迫感と被虐。それにすら幸せを感じてしまった私は、もう先生なしでは生きていけない。そう、確信させられながら。

「はッい、嬉しっ、ィっ！　あッあはあああ……！」

お尻の中の振動に、また決壊した私自身の膀胱から迸る振動が重なって、再来する痺れ、意識を刈り取る至福の悦波を受け入れてしまう――。

「……っふぅぅ。ははっ、また漏らしてるのか？」

ぎゅっと抱き絞られて再勃起したおチンチンが、難儀しつつも尿を出しきり、ゆるゆると腸内を往来する。

「俺の小便とザーメンをケツに溜めたまま、どんな顔で高梨と会うんだか。なぁ？」

満足げな口ぶりが、余韻を愉しんでいるおチンチンがもうじき引き抜かれることを示唆していたから。

「ぁ、ン……ッツ、ンンッツ、せん、せぇ……あァ……」

私は時と、待たせている人の存在を忘れて尻穴を引き締め、蜜だだ漏れの性器を震わせながら媚びた声と視線を先生に向けずにはいられませんでした。

先生とのアナルセックスを終えてから、たったの十分後。

「お、ようやく来たな。由比、こっちだ」

食事用スペースで二人分の座席を確保して待っていたコウちゃんに、私は手を上げ、笑顔で応えます。

「ごめんね、その……トイレが結構混んでて」

嘘をつくその口元には、いつもの笑み。先生の前でしか見せられない緩みきったアへ顔とは違う、素朴な笑顔が自然と浮かんでいました。

「……コウちゃん」

それでも相殺しきれない罪悪感が、彼の名を口にさせる。

「ん？　なんだ」

まだ私を信じきっている恋人の、屈託のない、安心しきった笑顔と、優しくまっすぐな声色が、今でも愛しく思える。それもまた、事実だったから。

たっぷり腸内に注がれた精液と小便が漏れぬよう、必死に肛門を締め、腰のくねりも我慢する。その歯痒さを自認しつつ、心からの言葉がこぼれたのです。

「コウちゃんの『すげぇピッチャーになる』夢。これからも手伝わせてもらっていいかな……？」

「なんだよ改まって。……そんなの、いいに決まってんだろ。こちらこそ、これからもよろしくな、由比」

まだ遠い夢を見据えるコウちゃんの姿が、愛しくて、少しでも助けになりたい。

その気持ちは、数多の快楽を知った今も変わりなく。

けれど、数多の快楽を知ったからこそ。

（そしたらまた、私は先生に抱いてもらえる。夏が終わっても、ずっと、ずっと――）

卑しく自分勝手な想いを、抱かずにいられませんでした。

3

寒さが堪えたクリスマスイブ。この日も共に過ごしたコウちゃんは終始笑顔で、別れ際に予想外の贈り物をくれました。

「コウちゃん、これって……」

手渡された小さな箱に、期待と不安とが交錯する。

「クリスマスプレゼントに指輪なんて、ありきたりかもしれないけど」

卑しくも期待した通りの品が入っていることを伝えてくれる、恋人。照れながらも視線を外すことなく見つめて「いつか本物を渡す時の予行練習ってことでな」なんて言ってくれた、コウちゃん。

今も変わらず大好きな人からの贈り物に、こぼしてしまった涙は、喜びと、罪悪感とを均等に含んでいて――。

「プロになることしか頭になかった俺に、内申だって大事だから赤点だけは取らないよう常々言ってくれてた。お前のおかげで今の俺があるんだ。ありがとな、由比」

感謝の言葉を伝える彼の顔をまともに見ることができませんでした。

甲子園での敗戦後、大学野球を選択しながらも、腕を磨いていずれはプロに絶対に行くんだ、そこで天下を取るんだと、少年期と変わらないキラキラした目で語ったコウちゃんは、すでにスポーツ推薦で都内大学に入学を決めていました。

罪滅ぼしの気持ち以上に、十余年憧れ続けた彼に夢を掴んで欲しいと願う気持ちがあったから、それだけは今度も変わることのない想いだと確信を持てるから。

ようやく涙を止めて上げた顔には、コウちゃんだけに向ける飛びきりの笑顔を浮かべることができた――。

なのに、コウちゃんと別れのキスをした、四十分後。午後九時を回る頃。

私は古アパートの一室で、二回り年上の男性に跨り、腰を振っていました。

「ははっ、指輪をプレゼントなんて面白味がねぇなぁアイツは。お前はそんなものより、俺のザーメンで染まるホワイトクリスマスの方が嬉しいんだろう？」

嬉しそうに口を開いた部屋の主——桑原先生。畳の上に三重に重ね敷いたバスタオルに裸で寝そべる彼こそが、私のご主人様。

その逞しく熱々の男性器に貫かれ、騎乗位で腰振る私。一突き浴びるたびに弾む女体は、二か月前の学園祭においてクラスで催したメイド喫茶の制服を纏い、清楚とは程遠い淫蕩の表情で嘶いていました。

「はいっ……私、先生のおちんちんが一番好きです……ッ」

腰を回せば、結合部がグチュグチュと猥褻な音色を奏でます。

一時間前にコウちゃんに注がれた子種が、先生の生チンポに攪拌される音。そして、私の愛液と共に泡立ったそれが、先生の凶悪にくびれたカリによって掻き出されては、弾む男女の股肉のぶつかりに潰され散り弾ける——その、哀しい音。

私は白と黒で形成されるシックなメイド服のスカート裾を両手で捲り持ち、結合部を露わにし続けながら、物悲しさと甘露半々の感情に苛まれていました。

でもそれも、先生の一言によって大きく比重を変える。

「こってり重たい俺のザーメンで、淫乱メイドのマ○コを埋め尽くしてやる」

「あ、ありがとうございまっ、あっあァァ……！」

先生の射精の方がずっと強く子宮を揺さぶってくれると、わかっているから。

「高梨との初めての生セックスはどうだった？」

念入りに膣壁を扱いてはコウちゃんの痕跡を膣内から消してゆく先生。そのネチネチとしつこい摩擦にこそ馴染み、惚れこんでいるオマ○コ全体が悦びの蜜を染み溢れさせ、余計にコウちゃんの精子を薄めてしまう。

今夜、日々頑張っているコウちゃんへのクリスマスプレゼントと、かつての「恥じらいがちな自分」を演じながら申し出た、生セックス。

「気持ちよかった、です。でも……イケませんでした……」

期待に届かなかったその記憶が、早くも遠い過去のことのように感じます。

「どう物足らなかったんだ」

眼鏡の奥のイヤらしい眼光。私の心をくすぐってやまないそこに潜む意思を汲み取り、コウちゃんとのセックスの不満点を並べ立てること。それがコウちゃんへの嘲りと同じ意味を持つとわかっていても、私はご主人様の命令に背けない。

語った後にいただけるご褒美に尻尾を振って飛びつく私は、やっぱり最低のビッチに違いないのだと骨身に染みながら。

「大きさが、ァッ、足りなくてっ」

一時間前に挿入されていた、なのにもうほぼ印象に残ってない恋人のおチンチンの感想を必死に思い出してゆく。睦み合っている時には愛しさを確かに覚えていたはずなのに、先生とのセックスに夢中の今思い返せるのは不満点ばかりでした。

コウちゃんのがむしゃらだけど拙《つたな》い腰遣いを思い出すほどに、今まさにオマ〇コで頬張っている最中のおチンポへの感嘆と慕情が増す。意識するよりも早くに膣壁で抱き締め、奉仕するのと同時にその逞しさを改めて痛感せずにいられない。

「俺のサイズに慣れた後だと仕方ないわな。……いや、俺のチンポを知る前から高梨のじゃイケてないんだから、よっぽどか。ははは ッ」

笑い嘲りながら膣の中腹——先生自身がかつて教えてくれた、そして一時間前の恋人が終始見向きもしなかった性感帯を擂り捏ねてくれる。

「ぁひッ! あァ、あッ、そ、こっ、イイです先生っ、奥まで届いてぇっ……先生のおっきいので私のお腹叩かれちゃってるぅぅっ」

こんな風にコウちゃんにも擦って欲しかったのに——。

(でも、それをコウちゃんに直接おねだりできない私が悪いんだ)

コウちゃんの知る私は「恥じらいがちで奥手な子」。その殻を破ると、関係性が変わってしまうかも――そう思うと、どうしてもその一歩が踏み出せませんでした。

(先生の前でなら、もういくらでもエッチに振る舞える。私の気持ちいいところも、はしたないところも全部知ってる先生となら、こんなにも簡単に……いつでも、どこでも気持ちよくなれちゃうから……)

だから、快楽の沼から抜け出せない。

裏切りの罪悪感を打ち消してくれるこの快楽から抜け出そうなんて、思えない。

「他にも不満があったろう？」

純真な幼馴染を今も信じて疑わないコウちゃんには決して明かせない訴えを、切なさごと呑み込んだのとほぼ同時に、先生の催促。

「胸も、あァッ、単調に揉む、だけでっ、ふぁッあああ」

従い躍る唇と舌を邪魔するのは、悦びの喘ぎだけでした。

耳を傾ける先生の視線を意識しつつ、メイド服胸元のボタンを一つずつ、己が手で外してゆきます。そうして一時間前からの鬱憤と共に、期待の詰まる二つの膨らみ――元からブラを着けていない乳房をこぼして見せつける。――効果は覿面でした。

「お前は痕が残るくらい強くされるのが好きだもんなぁ、こう、やってなァ……！」

先生の手のひらが早速左右それぞれの乳房に貼りついて、溜まっている鬱憤を絞り出すように揉み潰してくれます。

「ふぁッ……は、あああッ、そぉ、ですッ、コウちゃんは一生懸命揉んでくれたけど、あぁッ、揉まれるたび歯痒くて、どんどん鬱憤が溜まってぇえっ」

指圧にたわむ乳房には、わずかな痛みと、それの何倍もの恍惚が巡っていて、私は絞り出される鬱憤に乗じるように感情を爆発させました。

「優しい彼氏じゃ、こんな風にはしてくれんもんなァ」

「いひあっあああ！」

左右の乳首が摘まれたかと思うと、そのままぎゅーっと上に引っ張られる。乳首がちぎれるんじゃないかと思うくらいの痛切な痛みに、堪らず目じりに涙が浮かびます。それでも、痛みの先により強い恍惚が待っていると理解している私の心はひたすら躍ってしまう。

引っ張っていた両乳首を解放した先生の手が、まだジンジンと痺れ痛む膨らみへと舞い戻り、まずは乳輪を舐るように指腹で擦り始めます。その指圧はコウちゃんよりも弱かったけれど、痛みにより敏感となってしまった乳房に堪らなく染みてゆき——

あっあっ♥
ふあっ♥
ぞくぞく♥
ハァ
ハァ
んっ♥
パンッ
パンッ
パンッ
パンッ
ぐちゅ♥
ぐちゅ♥
ぐちゅ♥
ぐちゅ

円を描きながらジワジワと乳首に迫っていくやり口に、期待させられてしまう。

(早く、きて……早くたくさん乳首いじめて！)

期待が募るほど感度も増して、ついに先生の太い人差し指の腹が左右同時に乳頭に覆い被さった瞬間。

「はぁッあああ……！」

火照った息と、恍惚に上ずる声音を堪えられませんでした。

乳頭が指の腹で押しこまれ、潰された状態で舐るように転がされる。そして恍惚を溜めこまされた挙句に、また摘まみ引っ張られ、捻じるような摩擦を浴びせられる。

「はひッ、いぃっ、あ、あぁあ！」

快楽と痛みの相互作用に今夜も溺れ、締まりを失くした口の端からよだれを、対照的に締まる一方の膣口から泡立った蜜を垂らして、私は——先生の上で一層淫らに踊り狂うのです。

腰を前後に揺すっては膣内の逸物との摩擦を愉しみ、左右にくねっては内なる襞肉で肉の幹を舐り回す。掻き混ぜられた蜜を、掻き混ぜた張本人であるおチンポへと塗りたくり、連なる襞肉で吸い舐っては、蕩け引き攣る膣壁で絞り愛で。

ズン、と思いきり膣壁の中腹が打ち穿たれるのと同時に、上体を起こした先生の歯が乳輪に噛みついてきます。恍惚と痛みとが何度も何度も入れ替わり立ち替わり女体に突き立って――次第にその境界を曖昧なものにしてゆき――。

「ンッッ、あァ……ッ、はァッあァ……あぁァァ……ッッ！」

必死に持ち上げては振り落とした淫尻と、くねり回すさなかにもおチンポを頬張って離さないオマ○コ、噛み痕を指で摺りあやされている右乳首に、強く吸い舐られては嬉々と屹立する左乳首。四か所で奔る痺悦が競うように波長を速め、強まってゆきます。

「あァァッ、せんせぇっ、私、先生のおチンポが一番好き……大好きですッッ！」

言われるまでもないとばかりに頷いた先生が、私の首根っこを抱いたまま再び重ね敷きのバスタオルに背を預けた、数秒後。やっと今夜初めて、唇を奪ってくれ――。

（先生の舌にベロベロされるのも好き……先生の唾がネトネト絡んで……そのまま舌と舌とで擦り合うの、ゾクゾクしてお腹の芯が熱くなっちゃうの……！）

当たり前に私の方から舌を差し入れ、胸の高鳴りのお礼にとご主人様の歯茎や頬裏肉を舐り回してゆきます。すると掻き混ざった唾液の海の中を彼の舌先がまっしぐらに迫ってきて、愛撫に熱中していた私の舌の横っ腹に舐りつき、そのまま巻きついてくれる。糸引く互いの唾液ごと絡まり合う、いつもの、そして大好きなキスでした。

コウちゃんの優しいだけのキスにはあり得ない、粘りつく唾の感触。舌同士の吸着する、より濃密な触れ合い。

すべてが私の心と身体に溶け馴染み、いとも簡単に蕩かされてしまう。蕩けを最も体現したのがオマ○コで、その源泉の只中にいるおチンポがいよいよ獣めいた激しさで穿ちだす。

（あぁ、くる……また先生の、熱々、ドロドロのザーメン……！）

かかる鼻息の荒さと、膣内で猛々しく轟くおチンポの鼓動、熱量からも射精が間近に迫っていることを知り、いつものように多幸感に包まれる。

「おッッ！　あッ、おォッ、おッぉおンッッ!!」

産道を降りてきた子宮が亀頭に突き揺すぶられるたび、私の口からも獣めいた響きが吐きこぼれていきました。

「イぐ……っ、私、先生のおっきいおちんちんでイッちゃいますぅうっ」

よだれをこぼす唇を震わせて白状し、先生の毛むくじゃらの胸に鼻先を埋めれば、慣れ親しんだ汗の匂い。吸いこむほどに安堵と高揚が溶け混ざり、卑しく惚けた顔がなお一層蕩けてゆく――。

「いいぞ、イけ！　子宮が溺れるほど注いでやる！」

再び吠えた先生の腰の回転が速まってゆき、おチンポの忙しない鼓動が吸着した膣壁を震わすたび、ホワイトプリムに飾られた髪を振り乱して嘶いてしまう。

(また一緒にイケる。先生の熱々をお腹の奥に浴びながら、思いっきり……！)

悦びに憑かれた身体と、喜びが溢れ返る心とが目的を一致させて、なお貪欲に腰を振りたくらせました。

目一杯の速度と圧力でぶつかり合う男女の腰の間で、攪拌され混濁した先走り汁と愛液とが弾け飛び、畳敷きの室内に猥褻な匂いを振り撒いてゆく。

「由比、お前は一生俺の肉オナホだ！」

そんなさなかに背を抱かれ、耳元で紡がれた言葉。それこそが肉オナホである私にとって最大級の賛辞であり、今最も欲しかった言葉だったのです。

夕方にセックスしたコウちゃんは、初めての生セックスということもあって我慢しきれず中出ししてしまった。その時に彼に言われた「もしデキてたら責任取る」という言葉だって、涙がこぼれるくらい嬉しかった。

——でも、コウちゃんとのセックスは物足りなくて、罪悪感もつきまとう。

「は、いっ……一生っ、私を使って、くださいっ……！」

だから、弱い私は今夜も、ただ快楽のみをくれる先生に傅いてしまう。

「今夜も、次会う時も、これからもずっとっ……気持ちよくザーメン吐き出してください
ッ、先生の肉オナホでいさせてくださいっ……ッッ」

今胸に浮かんでいるままを吐き紡ぎ、心身が欲するままに腰を振る。

最初に従属を誓った『夏の終わり』以来、至福の瞬間へと駆け上るこの時だけは、コウちゃんのことを思い出さなくなっていました。それは今夜も、同じ。

ひたすらに振っていた腰を先生の両手に捕まえられ、思いきり引き寄せられた瞬間、思い浮かんだのは、「こんなに奥で出されたら、先生の赤ちゃんができちゃうんじゃないか」ということでした。

それも一瞬後、強烈な一撃を見舞われた子宮が嬉々と震えたことで霧散します。

「ひぃあッあああ！」

デキても、いい――。本能からそう思えてしまった。

だから、子宮の口は亀頭に吸いつき。

膣の肉壁と襞襞がチンポを引き留め、せがむように締めくすぐった。

「つくっ、おぉ、ッッ、孕んじまえ、俺の子をっ、孕め由比ッ……ッッ‼」

先生は本当は、子供ができるなんて面倒事は望んでない。私の身体で気持ちよくなりたいだけの人。――とっくにわかっていました。

わかったそのうえで、女の中心地——子宮が泣き咽んでしまったから。
「んッッ！　んちゅううぅっッ‼」
思いきり腰を擦りつけ、その中で捲れ上がったスカートの下でビンビンに勃ってい
たクリトリスを先生の下腹部ですり潰す。同じく勃起した両乳首と、汗ばむ乳房とを
先生の胸板に押しつけて。
接吻し。舌を絡め、呼気と、唾とを溶かし合い。
「出ひてっ、一番奥でザーメン……吐き捨ててくださいッッ」
よだれの糸を引きながら乞い、最後の尻振り。先生の両手に握り掴まれた尻肉を、
懸命に左右前後に踊らせた。そうしていよいよ亀頭を子宮の口で食み咥え。
「言われんでも子宮にたっぷり飲ませてやる、ぞ……おッおおッッ！」
短く呻いた中年の、こってり濃厚な白濁汁が噴出する。まさにその瞬間を、子宮の
——子を孕むための大切な場所の内側で、感じ取る。
子宮口に呑まれ、たっぷりの粘膜液を浴びせられた亀頭は躊躇なく尿道口を開き、
熱々の種汁を吐き出してゆき——。
「あひっ！　あぁあああぁッッ‼」
今日は危険日じゃないけれど、こんな出され方をしたら——こんな精液の絞り方を

すれば、妊娠する可能性は高まってしまうんじゃないか。

怖れ、期待、いずれとも断言し難い複雑な心情さえ、至上の悦波に押し流されてゆきました。

心と対照的に、射精に伴う恍惚を追求する肉体はひたすら勤勉におチンポの幹を絞り、熱々の玉袋より装填された端から種汁を啜り飲み続けたのです。

「ふぁッ、あッッ、出ちゃ……ッ！　ぁは、あぁぁぁぁ……ッッ」

すっかり失禁絶頂が癖づいた膀胱が黄ばんだおしっこを迸らせる。この部屋でするのはもう三度目だから、今夜も先生の身体の下のタオルからはみ出すことなく、お漏らしすることができました。

その達成感と、放尿に伴う解放的快感が巡る間にも、先生の射精は続きます。

「おら、搾り取れっ……ドスケベマ〇コで一滴残らず飲み干すんだッッ」

最後の一滴までも注ぎきらんとする先生の姿が、まるで本当に子供を望んでいるように思え。

私は両手を先生の背に回し、目一杯に抱き着いていました。

子宮内になみなみ注がれる子種の粘つきと重たさを痛感するたびに、悦の波が寄せては返し、また寄せて。再び心と身体が一致して種絞りに没頭する。

「ぁは……また、ぁあっ、イクぅぅぅぅ……」

私は何度も繰り返し、身を震わせ、そのたびに先生のおチンポは白く濁った種汁を、引き攣れ悶える膣内に注ぎこんでくれた――。

「口で綺麗にしたら、今度はお前の好きな方の穴にぶちこんでやる。俺専用のケツマ○コがイイか。それとも続けてドスケベマ○コに追加種付けといくか？」

告げる彼の眼鏡の奥の瞳は、今夜も私の心と身体を無遠慮にまさぐる。それが堪らなく心地よくて。

「は、ひっ……頑張り……ますっ……あッ、ンンぅぅッ……」

ぎゅっと膣口を引き締め、抜け出るところだったおチンポの先っぽからまた白濁の種汁を搾り取る。

いつの頃からか意識して努めているやり方は、今夜も先生から満足げな表情を――関係を持つ前は見ることの叶わなかった、満面の笑みを引き出します。

「頑張ってるメイドには褒美をやらんとな」

泣き出したいほど嬉しい言葉を掛けてもくれる。――実際には涙がこぼれるよりも先に、股の口が卑しいよだれを垂らしていました。

枕元の目覚まし時計で確かめた時刻は――午後十時前。

昔からコウちゃんとの仲を応援してくれて、今夜コウちゃんとデートと理解してもいる、お父さんとお母さん。二人とも、今夜ばかりは少々遅く帰宅しても大目に見てくれるはずです。

(先生のおチンポが引き抜けたら、まずは準備してある新しいバスタオルに敷き替える。それからお口でお掃除フェラ。前は、胸で挟みながらしたから……今日は手も使わずお口だけで頬張る方が、喜んでもらえるかな……)

いつもの流れを反芻しながら、奉仕の仕方に頭を悩ませる。その間にまた膣の入り口付近でおチンポが種汁を噴きつけて。

「ふぁッ、あぁぁ……」

反射的にオマ○コが引き攣れ、だいぶ軽くなった膀胱から黄ばんだ排泄液が、さすがに弱々しい勢いでひり漏れる。

(コウちゃんと過ごす日々は、幸せ。でもこれも……先生とエッチしてる時だって、愛してるわけじゃないけど、幸せなの……)

まだ抓りの痛みと疼きの残る胸中に、不埒な想いが溢れる中。私は自ずと先生の唇に自分の唇を重ね——また、ねちっこくイヤらしいキスに溺れていったのです。

エピローグ

1

「わぁ！　ねぇ、お父さん出たよ！　お母さん早くっ、急がないと終わっちゃうっ」

母子二人で摂った夕食後。

リビングのソファに腰かけてスポーツニュースを観ていた長女のアキが、コウちゃんが取り上げられているのをキッチンにまで届く大きな声で教えてくれた。

「はいはい、今行くから」

夕食の片づけをちょうど終え、ぱたぱたとスリッパの音響かせてリビングに戻れば、テレビに食い入る愛娘の姿がまず目に飛びこんでくる。

『今日の高梨投手は変化球のキレが良く、七回を五安打に抑える好投を見せました』

「ね、これってお父さんを褒めてるんだよねっ？」

私が隣に腰下ろすなり、鼻息荒く、目を輝かせて問うてくる愛娘。物心つく前からプロ野球で活躍する父親は、彼女にとってまさにヒーローだ。

彼と私が大学に入学した年に生まれた一人娘も、早や七歳。先々月には小学校に入学した。すでに野球用語も相応に理解し、父親が褒められているということは承知しているだろうに、それでも母親の口から追認が欲しいのだろう。

「そうよ。アキのお父さんは今日も頑張りました、って教えてくれてるの」

「そっか。そっかぁ！」

まだまだ甘えん坊の七歳児の求めに応じれば、彼女はなお一層父親譲りの活発さを前面に出し、屈託のない笑顔を浮かべてくれる。

『では続きましてサッカーの話題を――』

「あー、もう終わっちゃった……」

母親を真似て前髪を揃え、後ろ髪を長く伸ばした少女は、その母親よりもずっと素直で、シュンとしている様まで愛らしい。

夢を叶えてプロ野球選手となり、家族のために今日も遠征先で頑張ったコウちゃん。お父さんもお母さんも大好き――日々公言してはくっついてくる、甘えん坊のアキ。

二人共私の大切な家族であり、この身に代えても守りたいと心底から思う。

「さ、もうそろそろ寝ないと。明日いつもの時間に起きられなくなるわよ」

「はーい」

素直に応じた愛娘の差し出した手を取り、寝室にまで導いて寝かしつける。

「夏休みになったらお父さんのところへ行けるんだよね？」

大きな欠伸をして今にも眠りに落ちそうな顔で確認をしてくる、アキ。

「そうね、夏休みになったら……。試合観て、お父さんと一緒にご飯食べようね」

春先からずっと楽しみにしていたその時が来れば、彼女はきっと目一杯にはしゃぐだろう。小さい頃のコウちゃんが試合に勝った際必ずそうしていたように。それを見つめていたあの頃の私と同じ、キラキラとした目で――。

「あーあ、早く夏が来ないかなぁ……」

眠り際の愛娘の言葉は、そっくりそのまま私の心情でもある。

2

アキが眠りについて二時間と少し経った、深夜零時。私はネグリジェに身を包み、コウちゃんからもらった結婚指輪を化粧台の上に置いて、玄関先へと向かった。

約束の時間ちょうどに扉の向こうで待っている人物の姿を思い浮かべ、これから催される彼とのひと時に期待した股根が蜜溢れさせるのを堪えもせず。

扉の鍵を開ける指先が震えていた。

扉を開け放てば、白髪の増えた、けれど相変わらずの肥満体型が目に飛びこんでくる。眼鏡の奥の眼差しは、今夜も私の胸や腰を舐り回すように見つめてくれた。

久方ぶりに目にするたぷつく胸に、今すぐ飛びこみたい衝動に駆られもする。

結婚の前後、出産の前後、そして子育てに励む中。家族への愛情が増す中で、不義の関係を断とうと思ったことは何度もあった。

それでも、いざ彼の姿を目にすると、拒む間もなく心と身体が靡いてしまう。抱かれて積み重なる恍惚の記憶が、次の逢瀬の日まで私の心身を縛り、いつ訪れてもおかしくない破滅に怯えながらも、繋ぎとめるのだ。

己の卑しさ、情けなさ、裏切りの罪深さを重々理解していながら、弱い私は今夜も従属する悦びに憑かれた一匹の牝に戻って、この身体の所有者の名を口にする。

「いらっしゃい……せんせい……♡」

愛情よりも濃く粘り濁った感情に突き動かされるがまま。

今夜、大切な夫と娘と共に築いてきた空間に、初めてご主人様を迎え入れる。

そして——また夏が来る。

リアルドリーム文庫の新刊情報

リアルドリーム文庫193

綾姉
～奪われた幼馴染～

歳上の美人幼馴染・綾香に長年想いを寄せるコウタは、自信のなさから告白できないでいた。そんな時、ヤリチンな同級生・馬場が綾香に狙いを付けていることを知る。図々しく、強引な馬場は綾姉が一番嫌いなタイプであり、相手にされるワケない、そう思っていたのに――。

酒井仁　挿絵／猫丸　原作／こっとん堂

4月下旬発売予定

Impression

感想募集　本作品のご意見、ご感想をお待ちしております

このたびは弊社の書籍をお買いあげいただきまして、誠にありがとうございます。リアルドリーム文庫編集部では、よりいっそう作品内容を充実させるため、読者の皆様の声を参考にさせていただきたいと考えております。下記の宛先・アンケートフォームに、お名前、ご住所、性別、年齢、ご購入のタイトルをお書きのうえ、ご意見、ご感想をお寄せください。

〒104-0041　東京都中央区新富1-3-7ヨドコウビル
㈱キルタイムコミュニケーション　リアルドリーム文庫編集部

◎アンケートフォーム◎　http://ktcom.jp/goiken/

公式サイト
リアルドリーム文庫最新情報はこちらから!!
http://ktcom.jp/rdb/

公式Twitter
リアルドリーム文庫編集部公式Twitter
http://twitter.com/realdreambunko

リアルドリーム文庫192
夏が終わるまで
堕とされた献身少女・由比
2020年4月4日　初版発行

◎著者　空蝉《うつせみ》

◎原作　もんぷち
（サークル：mon-petit）

◎発行人
岡田英健

◎編集
藤本佳正

◎装丁
マイクロハウス

◎印刷所
図書印刷株式会社

◎発行
株式会社キルタイムコミュニケーション
〒104-0041 東京都中央区新富1-3-7ヨドコウビル
編集部　TEL03-3551-6147／FAX03-3551-6146
販売部　TEL03-3555-3431／FAX03-3551-1208

ISBN978-4-7992-1350-6 C0193
© utsusemi　© mon-petit/もんぷち 2020 Printed in Japan
本書の全部または一部を無断で複写することは、
著作権法上の例外を除き、禁じられています。
乱丁、落丁本の場合はお取替えいたしますので、
弊社販売営業部宛てにお送りください。
定価はカバーに表示してあります。